난생처음
시골살이

난생처음 시골살이

온눈이가 지음

마당 있는 집에서 살고 싶었어

티라미수
THE BOOK

나는 시간을 벌어서 일기를 쓰고 싶다.

일기에 할 말이 있는 생각을 하고 싶다.

생각하기 위한 새 일과를 보내고 싶다.

그런 건 시간을 벌어야 가능한 일이다.

시골은 돈이 아닌 시간을 벌기에

참 괜찮은 곳이다.

시간을
벌어서
낮잠을

7년 전 꽃샘추위가 한창이던 이른 봄, 우리는 이곳에 집을 짓기로 했다. 남편과 내가 사는 지역은 무화과, 고구마가 많이 나고 인구가 적기로도 유명하다. 우리 집은 그중에서도 스무 가구가 채 안 되는 작은 마을의 끄트머리에 위치해 있다. 편의점이라도 다녀올라치면 걸어서 두 시간은 족히 걸리는 이른바 깡촌이지만 그래도 인터넷과 택배 서비스는 닿으니 '자연인'과는 거리가 멀다.

인터넷 없이 하루도 못 사는 뼛속부터 도시인인 우리가 시골에 정착할 생각을 한 이유는 '집'이었다. 남편은 직접 집을 짓고 싶어 했고 나는 이사 다니지 않아도 되는 마당 있는 집을 원했다. 그러니까 시골은 우리의 다소 '엉뚱한' 필요가 맞아떨어진 곳이었다.

시골에 집을 짓는다는 생각만 했지 사실 뭘 하고 살지 뾰족한 대책은 없었다. 그저 막연히 나중에 고구마를 길러서 인터넷으로 팔게 될 줄로만 알았다. 내 상상력의 한계는 딱 거기까지였다. 그런데 현재 남편은 영상제작자로, 나는 그림 수업과 그림 관련 프리랜서로 각자 특기를 살려 활동하고 있으니 참 신기하고도 감사한 일이다.

이런 시골에서 뜻하지 않게 좋아하는 일을 직업으로 삼게 된 건 남편이 집 짓기를 마무리하느라 백수를 자처했던 시절, '재미있는 걸 하면서 식비라도 벌면 좋겠다'며 우스갯소리로 시작한 유튜브 덕분이다. 시골의 일상을 담은 우리 유튜브 채널은 '혼자 집 짓기' 시리즈를 올리고부터 구독자 그래프 곡선이 폭발적으로 치솟기 시작했다.

"세상에! 이것 봐. 어제는 구독자 수가 200명 올랐는데 오늘은 천 명이나 늘었어."

노트북을 열어 유튜브 관리자 페이지를 펼쳐 보이는 남편 말에 눈을 비비고 그래프를 봤다. 구독자 수는 연일 갱신됐고 영상 조회 수는 실시간으로 쭉쭉 올라갔으며 채 읽지 못한 댓글이 셀 수 없이 달렸다. 유튜브 채널 '은는이가'의 구독자 수는 순식간에 2만여 명이 되었다.

사람들은 우리를 궁금해했다. 시골 사는 사람이 영상을

왜 잘 만드느냐부터 시골에 어떻게 가게 됐느냐까지, 영상에 달린 질문에 빠짐없이 답하려 했지만 쉽지는 않았다. 그 중에서도 짧고도 명료하게 말하기 어려워 대답을 미뤄온 질문이 하나 있다. 바로 "시골에서 뭐 해서 먹고살아요?"이다. 이 책은 그에 대한 다소 긴 대답이기도 한 셈이다. 더불어 연고 없는 남쪽 지역의 땅을 보러 다니고 직접 그곳에 집을 지으면서 울고 웃었던 나날의 기록이자 마냥 서툴렀던 시골 생활 적응기이기도 하다.

유튜브에 영상을 올리기 전까지 남편은 버섯농장, 조경, 인테리어, 귀촌인 마을 계약직, 교통조사 등 다양한 일을 했다. 시골에 대해 잘 모르거니와 애초에 뭘 하겠다고 구체적으로 정한 것이 없어서 호기심과 상황이 이끄는 대로 이런 저런 일을 했지만, 어딘가 소속되거나 무엇에 의지하지 않고 자립하겠다는 의지 하나는 분명했다.

제법 다양한 곳에서 우리를 찾아주시는 걸 보면, 시골살이가 막막하기만 하던 세월을 지나 이제 어느 정도 자리를 잡았나 싶기도 하다. 그런데 막상 이렇게 말하고 보니 '자리 잡았다는 건 뭘까' 하는 의문이 든다. 먹는 데 부족함 없고 부모님께 용돈을 두둑이 드리며 규칙적인 수입이 생기면 자리 잡았다 할 수 있을까. 통장에 돈이 많이 쌓이면? 마트에서 가격 고민 없이 물건을 집어 들면? 그런 것이 기준이라면 일이 있다가도 없고 없다가도 있는 프리랜서에게 자리 잡은 날은 영영 오지 않을지도 모르겠다.

앞날을 확언할 수 없지만 한 가지 바람은 있다. 일을 하되 놀 듯이 하고 싶다. 놀이 같은 일을 찾으려면 다양하게 놀아봐야 한다. 낮잠 자고 일어나 멍하니 있다가 하고 싶은 일이 생기면 지체 없이 시도하고 마음껏 실패하며, 질릴 때까지 원 없이 해봐야 한다. 도시에서는 그렇게 살지 못했다. 맛있는 음식은 내일이 되면 식어버릴 텐데도 마음을 뜨겁게 하는 것들은 대체로 '언젠가'로 밀리다가 이내 일상 속에 파묻히곤 했다.

이곳에 와서 이곳의 시간으로 사는 동안 알게 되었다. 나는 떠오르는 생각을 표현하는 데 재미를 느끼는 사람이었다. 집 짓기도 시골살이도 난생처음인 우리에게는 시골에서의 매일이 충격이고 이벤트였다. 여태껏 느껴본 적 없는 당혹감이나 놀라움은 기록하지 않고는 배길 수 없을 만큼 강렬했다. 그리고 그날의 사건과 감정을 그러모아 일기로 남기는 동안, 힘에 부친 하루를 보내고도 마음 깊이 미소 지을 수 있었다. 시골이 아니었다면 영영 몰랐을 내 모습이다.

　시골은 그런 사람 같다. 종종 쓴소리는 해도 조금 더 나은 내가 되게 하는 사람, 중요한 일 앞에서 '잘 해야지!'하기보다 '그냥 즐겨~'라고 말해주는 사람, 머뭇댈 때 독촉하기보다 기다려주는 사람. 나도 누군가에게 그런 사람이고 싶다.

1장 대체로 좋고 가끔 나쁘고 때때로 이상한, 시골에 삽니다

2장
멀리서 발견한 가까운 행복

3장
내 손으로 집을 짓는 모험

4장

끝나지 않은 여행

1장

대체로 좋고
가끔 나쁘고
때때로 이상한,
시골에 삽니다

도시에 가면 문명의 맛이 달콤하고 좋다가도

인파와 주차 전쟁에 진이 빠지면 너른 들판과 산이 그리워진다.

그립고 생각나면 사랑이라던데

벌레 많고 과거에 머물러 있는 세계임에도,

그럼에도, 우리는 시골을 사랑하나 보다.

내가 이효리는 아니지만

"시골 가서 요가 하고 낮잠 자고. 네가 무슨 이효리냐?"

"뭐?"

"그렇잖아. 남편하고 둘이 살지, 텃밭 가꾸지, 개랑 고양이 기르지. 화장실에 문도 없는 거 아냐?"

한창 우리가 살 집 설계도면을 그리고 있을 때였다. 빈정 대는 언니의 말에 무슨 소린가 싶어 검색해보니 〈효리네 민박〉이라는 방송 프로그램이 인기리에 방영 중이었다.

"무슨 소리야. 그거 방송되기 전부터 여기 살았거든?"

당시 우리 집에는 TV가 없었고 집 짓겠다고 남쪽 땅 여기저기를 전전하느라 누가 어떻게 사는지 관심 가질 여력조차 없었다. 그런데 난데없이 연예인 따라서 인생을 결정한 모양새라니.

'이효리 부부가 아닌, 30대 중반 부부가 시골에 살면 남들이 어떻게 볼까?'

우리의 시골 행은 워낙 번갯불에 콩 구워 먹듯 이루어져서 남들 눈은 의식할 겨를이 없었다. 이 마을에 들어오고 나서야 알았다. 다른 사람 눈에 우리가 어떻게 보이는지.

토마토가 빨갛게 익어가는 계절, 집을 짓는 동안 임시로 살던 흙집 텃밭에는 수박, 호박, 오이, 참외가 주렁주렁 열리기 시작했고 가지, 고추, 쑥갓, 브로콜리, 루꼴라, 상추가 가득했다. 그날 남편은 이장님 소개로 일당 벌이를 하러 가서 점심은 혼자 간단히 먹기로 했다. 평상에 앉아 밥이 담긴 대접에 솎아낸 어린 채소를 듬뿍 올려서 고추장, 참기름을 넣고 수저로 쓱쓱 비비고 있자니 어쨌든 텃밭이 있는 한 굶어 죽지는 않겠구나 하는 막연한 안도감이 들었다.

"어? 젊은 사람이다!"

비빔밥을 한술 입에 넣으려는 찰나 열린 대문 사이로 누군가 외치는 소리가 들렸다. 고개를 들어보니 60대쯤 되는 부부가 서 계셨고 아주머니가 손가락으로 나를 가리키고 있었다. 아주머니는 내 손가락이 몇 개인지부터 청바지와 티셔츠 차림, 머리를 어떻게 묶었는지까지 한눈에 파악하시더니 대뜸 본인의 호기심부터 해결하려 하셨다.

"멀쩡한 사람이 왜 여기에 있대요?"

내 집에서 밥 먹다가 동물원 원숭이 취급받은 것이 어이없었지만 마을 주민의 손님인가 싶어서 불쾌함은 일단 접고 "아, 예. 귀촌했어요" 하고 집 안으로 들어가버렸다. 그 뒤로 사람들의 시선이 신경이 쓰이기 시작했다.

"신용불량자 아니고서야 이런 델 뭣 허러?"

"저 둘이 결혼은 했을까?"

"전과자 아니여?"

흙집 화장실 창밖으로 우리를 두고 하는 듯한 대화가 지나가면 나는 변기에 앉아 다문 입술에 힘을 주는 것밖에 할 수 있는 게 없었다.

그날 저녁, 땀과 흙먼지를 뒤집어쓰고 터덜터덜 들어온 남편은 만 원짜리 열한 장을 내밀고는 씻고 저녁밥을 다 먹을 때까지 말이 없었다.

"힘들었지. 오늘 일 어땠어? 가서 무슨 일 한 거야?"

"내 발음이 그렇게 어눌해?"

"응?"

"일 마치고 돌아오는 승합차에서 어르신들이 '자네는 어디서 왔는가?' 하고 물으시더라고. '서울에서 왔습니다' 했더니 '아니, 어느 나라에서 왔냐고' 하시는 거야."

"그래서?"

"정말 서울에서 왔다고 했지. 그랬더니 '발음이 어눌한 걸보니 중국에서 왔나 본데? 아닌가? 얼굴 보니 몽골 사람 같기도 하고?' 그러셨어."

시골에 젊은 사람이 너무 없다 보니 생긴 일들이다. 처음에는 당혹스럽고 참담하기도 했는데 지금은 별것 아닌 일로웃어넘긴다. 어울리지 않는 곳에 자리한 젊은이에게 물음표를 그리는 거야 당연하다 싶으면서도 생각하는 대로 보인다는 게 새삼 신기할 따름이다.

최근에 나도 외국인으로 오해받은 적이 있다. 마을에서본 적 없는 젊은 남자가 트럭 창문을 내리고 대뜸 반말로 길을 묻기에 외국인 노동자로 알고 하대하는구나 싶어 한국말을 못 알아듣는 척했다. 다음에 또 이런 일이 있으면 그때는존댓말 모르는 외국인인 척 똑같이 반말을 해볼까 한다.

뒤늦게 〈효리네 민박〉을 재미있게 보다가 언니에게 메시지를 보냈다.

"이효리와 내가 비슷한 하루를 보낼 것 같지만 근본적으로 크게 다른 점이 있어. 그게 뭔지 알아?"

"얼굴? 뭔데?"

"이효리는 돈을 벌지 않아도 되고 나는 벌어야 한다는 거야."

"빙고! ……근데 좀 서글프네."

"왜에? 이효리처럼 돈이 많지 않아도 이효리처럼 살 수 있다는 말인데 희망적이지 않아?"

시골살이를 시작한 지 얼마 되지도 않았던 때 내가 던진 이 말은 언니가 보기에 설득력 하나 없는 개똥철학 같았을 테다. 하지만 그로부터 꽤 오랜 시간이 지난 지금까지 아직 나는 텃밭을 일구고 요가와 낮잠을 즐기며 남편과 대화로 가득한 나날을 보내고 있으니 억지 말은 아닌 게 됐다.

시골에는 거지가 없다

"농사지어요? 아니면 공무원이에요?"

시골 산다 하면 이런 질문을 많이 받는다. 이 질문에 "아니요"라고 답하면 상대방은 선을 넘는 줄 알면서도 "그럼 뭐해서……"라고 조심히 한 발 들어온다. 이 마을만 해도 어르신들은 농업에 종사하고 몇 없는 젊은이는 공무원이다. 이도 저도 아니라고 하면 젊은 부부가 시골에서 대체 뭐 해먹고 사는지 실례를 무릅쓰고라도 궁금해할 법도 하다.

우리도 농업에 미래를 걸어보려던 적이 있다. 버섯 재배에 관심이 있어서 남편이 제법 규모가 큰 버섯농장에서 1년간 경험을 쌓았는데 애석하게도 그 꿈은 이어가지 못했다. 버섯은 이미 경쟁 상대가 많아서 가격이 떨어지기라도 하면

소규모 농장은 버텨낼 재간이 없다는 것, 그리고 단 하루도 손에서 일을 놓지 못하는 농장 대표님을 보면 우리가 그리던 삶과는 거리가 멀어 보였다.

실제로 정부에서 마련한 귀농, 귀촌 교육에서 성공사례를 들어보면 '부모님의 땅을 물려받아~ 도시의 인맥을 동원하여~'로 시작한다. 우리처럼 인맥도 자본도 소박한 빈털터리가 빚을 내서 무턱대고 시작했다가는 나락으로 떨어질 확률이 높다는 얘기다. 무일푼 청춘이 연고 없는 시골에서 어떻게 돈을 벌 수 있을까? 눈앞이 캄캄해지는 대목이다.

그런데 이상한 일이다. 집 짓는다고 작정하고 백수로 지내던 시절에도 어쩐 일인지 마냥 손가락만 빨고 있을 틈은 없었다.

"어이, 내일 별일 없으면 잔말 말고 나 따라나서."

가만히 있어도 이장님이나 부녀회장님을 통해 아르바이트 제안이 이어졌다. 어쩔 때는 거절하기 죄송해서 응하기도 했다.

"컴퓨터 좀 다룰 줄 알면 여그서 관리 일 해볼랑가요?"

한번은 집 지을 때 자주 드나들던 건축자재상 대표님께서 느닷없이 남편에게 취업 제안을 하기도 했다. 시골에서는 뭐라도 심어야지, 땅이 노는 꼴을 못 본다. 같은 이치로 사지 멀쩡한 젊은이가 노는 것도 가만히 두고 보지 못했다.

하지만 쉽게 들어온 일이라고 만만히 봤다가는 큰코다친다. 고단한 하루를 보내고 '이렇게 사는 게 맞나?' 하는 회의감에 무릎이 꺾일 때면 시골은 한국말이 통하는 외국이고, 우리는 지금 아르바이트로 여행 경비를 충당하면서 문화 체험하는 '워킹홀리데이' 중이라고 가정해보곤 했다. 그러면 시골 문화를 잣대 없이 받아들이려는 마음도 생기고 시골로 더 깊이 들어가는 걸음이 무겁지도 않았다. 이제 와 돌아보면 생계를 위해 어쩔 수 없이 했던 일들이 시골살이 본론으로 들어가기 전 준비운동이 되어주지 않았나 싶다.

일자리가 없다. 없다 해도 높은 급여와 사무직을 고집하지만 않는다면 시골에도 일은 늘 있었다. 또한 젊은 인력이 부족한 시골에서는 도시에서 중년이라 불릴 나이가 고맙게도 청년에 속해 선택권이 더 넓었다. 집을 짓던 와중에 남편은 만 40세가 넘지 않았던 덕분에 군청 홈페이지에 난 '청년 일자리 창출을 위한 구인공고'를 통해 계약직으로 턱걸이 취업을 하기도 했다. 주민 대부분이 워낙 고령의 어르신이라 실제 체감 나이로는 60대도 청년이다.

남편이 집 짓는 동안 나는 그림 수업을 했다. 도시에서 했던 일의 연장선이다. 무턱대고 읍내에 작업실을 빌려서 SNS에 그날 그린 그림을 올리고 오며 가며 이웃과 인사도 나눴다. 금세 어린이 수강생이 하나둘 늘었고 성인 반까지 개설했다. 계약 기간 1년을 다 채우기도 전에 넓은 곳으로 이사까지 했는데, 그렇다고 내가 대단히 잘났거나 홍보에 큰 노력을 기울인 건 아니었다. 그저 서울에서 왔고 경쟁 상대가 없었을 뿐이다. 재작년부터는 4년 가까이 해온 어린이 수업은 접고 프리랜서 일에 집중하고 있다. 그런 이유로 읍내 마트만 가면 곧잘 죄인이 된다. 며칠 전에도 마트에서 학부모님을 마주쳤다.

"어머, 선생님!"

"어머니, 안녕하세요. 잘 지내셨어요? 준영이도 잘 지내고요?"

"요즘도 많이 바쁘세요? 선생님한테 잘 배워서 우리 첫째는 걱정 없는데 둘째가 그림에 자신 없어해서 목포까지 미술학원 알아봐야 하나 하고 있어요. 애 친구들도 미술 하고 싶어 하는데 어린이 수업 좀 다시 해주세요. 제발요."

학부모님은 내 팔을 부여잡았고 여자아이는 간절한 눈으로 나를 올려다봤다. 나는 아이에게 미안하고 학부모님께 죄송해 연신 굽실굽실하다가 어렵게 돌아섰다. 시골이라도 교육에 대한 학부모의 관심과 열의는 도시와 다름없는데 교육환경은 그에 미치지 못하는 게 현실이다. 그래서 아이가 초등학교 졸업하면 근교 대도시로 가족 전체가 이사 가거나 유학 보내는 경우가 많다. 시골은 대체로 문화나 교육 관련 인재가 부족해서 관련 직종에 종사했었다면 무엇보다 환영받는다. 잘난 사람 많은 도시에서는 별 볼일 없던 내 능력도 시골에서는 유일한 하나가 되어 빛났다.

화실이 처음부터 잘됐던 건 아니다. 작업실을 막 열었을 때는 당장 월세 걱정에 이력서를 들고 도서관 문을 두드리기도 했다.

"도서관 문화센터 담당자입니다. 유화 강사 지원해주셨죠? 그런데 죄송하게 됐어요. 공공기관 강의 경력이 없으셔서…… 어쩌지요……."

"네, 알고 있긴 했어요. 모집 전형 무시하고 혹시나 하는 마음으로 지원한 제가 죄송하죠. 그래도 연락 주셔서 감사합니다."

"이번에는 어렵게 됐지만 이력서는 저희가 잘 보관했다가 기회 되면 연락드릴게요."

그렇게 씁쓸하게 전화를 끊고 몇 달 뒤 담당자로부터 어린이 독서미술 수업을 제안받았다. 나를 염두에 두고 기획

한 수업이었다. 이때 진행한 수업도 늘 하던 대로 SNS에 기록했다. 거기서 또 일이 만들어져 어린이 미술 수업 개발과 강의 및 동화책 제작 의뢰가 들어왔고 인근의 다른 지역까지 활동 영역이 넓어졌다.

아무것도 없는 맨땅에 집을 짓고 돈벌이를 찾으면서 체득했다. 일단 발을 떼면 어디론가 흘러간다는 것을. 사막에 던져진 것 같은 막막함에 안절부절못할 때도 있었지만, 매일 매순간 재미있게 놀다 보면 신기하게도 어딘가 도달해 있고 뭔가 이뤄져 있었다. 그래서 지금은 딱히 계획이랄 것 없이 그저 마음 가는 일을 하면서 재미있게 살려고 한다. 이러다 쪽박 차는 건 아닌가 이따금 걱정이 되지만 여기는 시골이니까, 절대 굶어죽을 일 없으니까 하며 한시름 놓는다. 어디선가 시골에는 거지가 없다고 들었는데 와서 보니 그 말은 참말이다.

공짜 좋아하세요?

눈이 녹아 비가 된다는 우수부터 본격적인 농번기가 시작되는 5월 전까지는 불로소득 기간으로, 이때는 아무리 바빠도 초록의 유혹을 뿌리치기 어렵다. 꽁꽁 얼어붙은 땅을 뚫고 나온 봄나물은 애써 재배한 푸성귀보다 맛도 향도 영양가도 뛰어난 데다 무엇보다 거저다.

산기슭 몇 걸음만 올라도 취나물이 발에 채이고 쑥과 냉이가 들판 곳곳에 널려 있다. 산 중턱에서 자란 고사리는 통통하기가 코끼리 다리 같고 자생한 두릅은 초록색이 깊다 못해 검푸를 정도다. 심마니가 약재를 캐러 다니는 기분이 이럴까? 소쿠리와 튼튼한 다리만 있으면 누구나 최고급 봄나물 한 상을 차려낼 수 있다.

채소라면 상추, 깻잎 외에 아무것도 모르던 내가 이 마을에 이사한 다음 날부터 채집활동에 푹 빠지게 된 건 전부 '마담 JD' 덕분이다. 마담 JD는 우리 마음대로 지은 뒷집 어머니 호칭이다. 이 마을에 집터를 알아보러 어슬렁거릴 때부터 흙집을 청소하는 내내 따뜻한 차를 내주셨기에 '마담'이라는 호칭이 자연스럽게 입에 붙었는데 마을에서 장동댁이라 불리는 데서 영문 이니셜 'JD'를 따왔다. 전직 대통령 닮은 'MB 할머니', 선글라스와 오토바이가 상징인 '주윤발 할아버지', 쌍꺼풀이 예쁜 '쁘띠 할머니', 교회 다니시는 '교회 할머니'. 어르신들은 서로를 무슨 댁, 무슨 댁 하고 칭하셨는데 우리는 그게 그렇게 헷갈려서 첫인상대로 부른다.

"뭐혀. 소쿠리 하나 들고 나 따라와. 저짝으로 가보게."

이른 아침 마담 JD의 호출에 운동화를 구겨 신고 헐레벌떡 따라나섰다.

"저 언덕배기가 농약 안 치는 데라 냉이랑 쑥 캐기 좋아. 이건 원추리, 저건 돌나물, 요건 취나물, 저그 저 냇가 쪽에 버글버글 난 건 머위, 여그가 물이 깨끗해서 돌미나리도 나온당께."

마담 JD는 가이드가 되어 봄나물과 함께 많은 얘기를 들려주셨다. 먹는 풀이 이렇게 많다니 이걸 다 맛보기 전에 봄이 끝나버릴 것 같아 흥분과 조바심이 교차했다.

"비탈 아래에 길쭉한 잎사귀가 쪼르르 달린 거 보이지? 그건 뿌리를 먹는 둥굴레여. 근디 그거 먹으면 머리칼이 허옇게 센다고 우리 마을 사람들은 아무도 안 먹어."

"우와, 저게 차로 우려먹는 그 둥굴레예요? 그런데 어르신들 머리칼은 이미 하얗지 않아요?"

"그라긴 하지. 아무튼 우리는 안 먹어."

둥굴레차를 좋아하는지라 귀가 솔깃해졌다. 앞이 막힌 보라색 고무 슬리퍼를 신은 마담 JD 뒤를 쫓으니 어느새 길도 없는 뒷산 중턱이다. 보통 사람 같으면 등산화에 등산복까지 갖춰 입고 오를 법한 산인데 마담 JD는 슬리퍼 안에 들어간 흙을 이따금 탁탁 털면서 이 바위에서 저 바위로 날다람쥐처럼 날아다니셨다.

도착한 곳은 코끼리 고사리와 검푸른 두릅이 나는 비밀지대. 이런 고급 정보는 외지인에게 절대 알려주지 않는데, 이제 막 마을에 들어온 새댁을 끌고 다니며 일일이 알려주셨으니 보통 특혜가 아니었다.

"내일은 둥굴레 뿌리를 캐야겠어. 삽이랑 호미 챙겨서 같이 산에 가자."

그날 저녁, 데쳐서 채반에 널어둔 고사리를 거두며 남편에게 말했다. 그러고는 둥굴레차 만드는 방법을 인터넷 검색창에 얹었다. 둥굴레 뿌리를 찜통에 쪄서 말린 후 볶으면 차가 된다고? 생각보다 간단한 방법에 마음이 활짝 열렸다. 그리고 뒤따른 연관 검색은 나를 잎차와 꽃차의 세계로 인도했다.

'봄의 마지막 절기, 비가 내려 곡식을 기름지게 한다는 곡우에 딴 감잎 순으로 차를 덖어볼까요?'

푸근한 인상의 문화센터 강사님이 다정한 어투로 영상 속에서 시범을 보였다. 강사님은 잎을 익히는 '살청'과 차가 잘 우러나도록 잎을 비비는 '유념'을 반복하다가 잎이 바스락거리기 시작하자 약한 불에서 완전히 건조해 한 줌의 차를 뚝딱 완성해냈다.

'이건 날 위한 수업이야. 지금 당장 해야 해!'

마침 흙집 마당에는 지붕을 다 덮을 만큼 큰 단감나무가 있었고 때는 곡우였다.

오후에 시작한 감잎 덖기는 자정이 넘어서야 끝났다. 재료와 과정은 단순해 보여도 실제로 해보니 시간과 수고가 많이 들어가는 노동이었다.

"진정 내 손이 만들어낸 맛인가! 내가 금손이었나?"

어린잎 녹차를 닮은 첫맛은 고운 벨벳 같은 질감으로 목구멍을 지나갔고 이내 떫으면서도 깊은 단맛을 남겼다. 어린 감잎 차를 처음 맛보고는 감탄을 연발하다 못해 이걸 만든 나 자신도 꽤 멋지다는 생각에 이르렀다. 내 품격까지 높여준 차 맛에 전날의 고생은 싹 잊혔고 나는 곧 다른 차를 찾아다녔다.

알고 나서 보니 발길 닿는 곳곳에 자리한 식물 대부분이 차의 재료다. 그걸 본 이상 모른 척이 안 됐고 내 손을 거쳤을 때의 맛이 궁금해서 덖기보다 덖지 않기가 어려웠다. 아침 일찍 나가 채집하고 씻고 다듬어 오후부터 새벽 한두 시까지 덖는 작업은 5월이 넘어가도록 하루도 빠짐없이 이어졌다. 한가하게 이럴 때인가도 싶고 그만해야 할 것도 같았지만 하루가 다르게 크는 잎사귀와 피는 꽃을 보면 멈춰지지가 않았다. 그렇게 만들어진 차가 한가득했다. 작약꽃차, 쑥차, 뽕잎차, 감꽃차, 도라지잎차, 아까시꽃차, 둥굴레차 등 다양한 차를 포장해서 주변에 선물하는 재미가 또 쏠쏠했다. 그렇게 봄을 쫓느라 밥 먹듯 끼니를 거르고 하루 수면 시간이 네댓 시간을 넘지 못해 입술이 부르트기까지 했다.

"공짜가 사람을 저렇게 만드네. 징하다, 징해. 그런데 열정적인 모습이 왠지 멋있어."

남편은 그런 나를 보며 칭찬인지 뭔지 모를 말을 했다. 나도 내가 이럴 줄 몰랐다. 그런데 도가 지나치면 공짜는 더 이상 공짜가 아니다. 설렁설렁 다니며 봄나물 캐는 것과 차를 덖는 것은 완전히 다른 영역이었다. 진드기가 팔에 붙어서, 개미에게 배와 등을 잔뜩 물려서, 그리고 얼굴과 목에 옻이 올라 병원 신세를 여러 번 졌다. 정강이에 가시가 박힌 줄도 모르고 그대로 살이 아물어버린 일도 있다. 어디 그뿐인가. 차 덖을 때 사용한 전기 팬 때문에 전기요금 폭탄도 맞아봤다. 그럼에도 차를 덖고 싶은 마음은 모든 것을 이겨냈다. 뱀을 만나 뒤로 나자빠지고 멧돼지가 긁은 나무와 파헤친 땅에 기겁하면서도 다음 날이면 또 뒷산에 올랐다.

지금은 시들해져 감잎차만 조금 해 먹는 정도지만 차 덖기가 아니었다면 이 마을에 적응하지 못했을지도 모른다. 그때 나는 할 일을 못 찾아 자존감이 바닥을 쳤을 수도, 새댁에 대한 안 좋은 소문에 한껏 침울할 수도 있었다. 그런데 차 덖기에 흠뻑 빠진 덕분에 신선한 재료가 무한히 공급되는 이곳이 그저 신세계로 여겨졌고, 거기서 얻는 기쁨이 너무 커서 자잘한 문제가 내 안에 들어올 틈이 없었다. 비록 세상에 공짜는 없다는 뻔한 교훈을 어렵게 얻긴 했지만, 좋아하는 일을 할 때 들어차는 행복 또한 몸으로 깊이 익혔으니 이만하면 남는 장사 아닐지.

남편의 로망이 만들어준 친구들

"우와아아아앙." "달달달달달달." "우웅우웅우웅."

시골이 조용할 거라는 환상은 농번기가 되면서 산산이 부서졌다. 물론 도시의 꽉 찬 소음에 비할 바는 아니지만 정적을 깨는 농기계 엔진소리는 흰 벽에 튄 김칫국물처럼 무척이나 거슬렸다. 새벽부터 경운기와 트랙터 엔진이 울리면 베개로 귀를 막고 이불을 뒤집어쓰고 별수를 다 써도 소용이 없다.

"으르르릉 월월! 월워워워월!"

덩달아 우리 집 백구들(솜치, 염치, 풀치) 근무 시간도 당겨졌다. 시끄러운 건 그뿐이 아니었다.

"염소, 닭, 개~ 삽니다아~. 큰 개 삽니다아~."

만물이 번성하는 시기라 그
런지 개장수 트럭은 농번기에
자주 왔다. 점점 가까워지는 확성
기 소리에 울타리 안의 백구 세
마리가 늑대처럼 "아오~ 아오오~"
하고 호소하듯 울면 현관문 앞에서 낮잠
자던 재패니즈 스피츠 '여우'가 길 앞까지 달려 나가 트럭을
향해 목청이 찢어져라 짖어댄다. 트럭은 유독 우리 집 앞에
서 속도를 늦췄다.

"개장수 오면 눈 딱 감고 팔아부러."
"집 지키는 개야 한 마리면 되지, 많이 키워서 뭣 허게?"
"식용견 사육장 하려는 거예요?"
"아따, 개 키우지 말고 애를 키워야지."
"짐승만 그렇게 이뻐하다가는 남편이 도망가는 거여."
시골이라도 개 많은 집은 눈총을 받는다. 그래도 지금은
전에 비하면 식솔이 많이 줄었다. 흙집 시절에는 지금 있는
백구들의 형제와 어미, 아비까지 여덟 마리였다. 그때 고양
이 '띠용이'도 새끼 여섯 마리를 낳는 바람에 안 그래도 좁은
마당이 발 디딜 틈 없을 정도였다. 최대한 입양 보내고 남은

백구 세 마리는 자연스럽게 가족이 되어버렸다. 동물을 그리 좋아하지 않던 내가 이런 상황에 놓인 건 남편 때문, 아니 남편 덕분이다.

"어렸을 때 동물들과 함께 사는 게 소원이었는데 못 기르게 하셨어. 크면 네 집에서나 기르라고."

저 푸른 초원 위에 그림 같은 집을 짓고 동물들과 뛰노는 게 로망이라던 남편 앞에는 신기하게도 배고픈 개와 고양이가 자주 나타났다.

"아휴. 어쩌자고 데려왔어."

"아니⋯⋯, 트럭 다니는 논길 한가운데 있길래. 길 아래로 내려줘도 자꾸 기어 올라오는 거야. 굶은 지 오래된 것 같은데 그냥 두면 차에 치일 것 같기도 하고⋯⋯."

"집 안에서 기르자는 거야? 털 날리는 동물을? 나랑? 같이?"

"건강해지면 다시 그 자리로 돌려보낼게!"

버섯농장에서 퇴근한 남편이 내민 작은 상자에는 까치 새끼 같은 고양이가 들어 있었다. 눈에 비해 눈동자가 작아 늘 놀란 것처럼 보여 붙인 이름이 '띠용이'다. 남편은 그 후에도 잊을 만하면 작은 상자를 들고 왔다.

"이거 뭐야? 내 선물이야?"

"아니……. 어미가 버리고 갔는지 이틀째 그 자리에 있더라고."

"또? 이번엔 안 돼. 세상 고양이를 다 구할 작정이야?"

"제 앞가림할 때까지만. 응? 제발 부탁이야."

남편이 쥐여준 작은 상자 속에는 고등어 무늬 고양이 둘이 서로의 온기로 간신히 버티고 있었다. 새끼 고양이뿐이 아니다.

"으악! 또 뭐야."

"저기……, 마을 입구에서 돌아다니길래. 무섭게 생겨서 어르신들 놀라실까 봐 일단 데려왔어. 덩치만 크지 순해."

흑표범처럼 윤기가 자르르 흐르는 검은 개는 치켜뜬 눈을 하고 양 어깨뼈를 교차로 움직이며 다가와 내 손을 할짝할짝 핥았다. 흑구는 내가 주는 사료도 얻어먹고 우리 백구들과도 잘 지냈는데 결국은 유기견센터로 보내졌다.

대도시로 가는 길목에 있어서 그런지 우리 마을에는 유기견이 유난히 자주 보였다. 호랑 무늬를 가진 호구도 있었고, 푸들, 요크셔테리어, 몰티즈처럼 집에서 기르는 종도 보였다. 공터 쓰레기장을 뒤지다가 언제인지 모르게 사라지는 아이들 대부분은 낯선 사람을 경계했지만 개중에는 먼저 다가오는 녀석도 있었다.

"애 살찐 거 봐. 참 복도 많지. 용 됐다, 용 됐어! 이제는 아주 눌러 살기로 한 겨?"

"그럴 리가요. 새 주인 만나면 보내야지요."

마담 JD는 솜사탕 같은 여우를 볼 때마다 신통하다는 듯 매번 같은 말을 하신다. 여우를 처음 본 건 재작년 1월 초, 폭설에 추위가 절정이던 날이었다. 백구들 밥 주러 나간 남편이 북극여우를 닮은, 그러나 그보다 작고 앙상한 개를 달고 들어왔다. 그 후로 여우는 매일 우리 집에서 밥을 먹고 갔다. 목줄이 있었을 자리를 중심으로 털이 죄다 빠져 있어 기함을 했었다. 그나마 있는 다른 부위의 털도 듬성듬성해서 이래서야 유기견센터에 가도 새 주인 만나기는 어려울 것 같았다.

나는 여우를 쓰다듬지 않으려 애쓰면서도 밥은 배불리 먹였다. 언제든 헤어질 수 있으니 적당한 거리를 두고 선을 지켰다. 그렇게 몇 달 지나니 목에 털이 자라기 시작했고 1년이 넘어가자 순백의 풍성한 털을 둘러 귀티까지 흘렀다. 여우는 자기도 이 집에서 한몫한다는 걸 보여주기라도 하려는 듯 바스락 소리만 나도 소리의 출처를 향해 집요하게 짖었다. 덕분에 집고양

이가 야생고양이와 영역 다툼하는 일이 없어졌다. 나는 아직도 여우의 주인이 아니라고 말하지만 이제는 현관문을 열었을 때 여우가 없으면 너무 허전할 것 같다.

적막한 시골 생활에 동물 식구들이 없었다면 어땠을까. 더구나 남편은 종종 출장을 가기도 하는데. 겉으로는 동물들이 내게 전적으로 기대는 것 같지만 나 역시도 동물들에게 의지하고 있다.

오늘도 여우, 백구들과 뒷산에 올랐다. 아무도 없는 노을을 배경으로 온 힘을 다해 뛰어놀다가 계곡물로 목을 축이고 먼 산을 잠시 응시하는 녀석들을 보면 이런저런 일로 어지러운 마음이 정돈된다. 녀석들은 '집에 가자!' 외치는 내 목소리에 저 멀리 있다가도 전력질주해서 품에 와락 안긴다. 배를 보이고 드러누워 뒹굴뒹굴하면 쓰다듬어달라는 소리다. 백구의 촉촉한 코부터 살랑살랑 흔드는 꼬리까지 길게 쓰다듬으니 심장박동과 온기가 손으로 고스란히 전달된다. 낮 동안 가라앉아 납작해진 내 마음 깊은 곳에서 뭉게구름 같은 무언가가 몽글몽글 피어오른다.

"개들 운동시킨다고 뭔 고생이여."

"종일 책상에 앉아 있다가 같이 운동하는 거예요."

"그나저나 사룟값 솔찬히 들었어."

"경비원 월급치고 저렴하죠?"

이렇게 인적 드문 시골집에는 아무래도 큰 개가 있으면 든든하다. 산짐승은 물론이고 이따금 사이비 종교인이나 낯선 사람이 찾아오기도 하는데 앙칼진 여우와 울림통이 큰 백구들이 동시에 짖어대면 꼭 필요한 볼일 아니고서야 들어올 엄두를 못 낸다. 더불어 세 마리의 고양이가 우리 집 주변을 밤낮없이 순찰해주는 덕분에 살아 있는 설치류가 보이지 않는다. 동물 식구들은 나의 시골살이에 꼭 필요한 경비원이자 방역원이자 산책 트레이너이자 친구다.

남편의 로망 덕분에 낯선 땅에 덩그러니 놓인 우리 집이 더욱 안락하고 훈훈해졌다. 그런데 남편에게 감사 인사와 함께 마지막으로 하고 싶은 말이 있다.

"식구가 더 늘면 이제 정말 곤란해!"

슬기로운 시골 생활

초록이 짙은 이곳에는 인간 말고도 다양한 생명체가 산다. 주로 깊은 산속이나 내 머리 위, 발아래에서 활동해서 마주칠 일이 거의 없긴 하지만 그중에서도 이른바 '아디다스 모기'라는 곤충은 큰 위협이었다. 정식 명칭 '흰줄숲모기'는 포악하기로 악명 높아서 집요하게 그리고 전투적으로 인간에게 달려들었다. 이 악당에게 한번 피를 빨리면 그 자리가 가려움을 넘어 묵직한 통증으로 이어지는데 염증까지 더해지면 주먹만큼 붓다가 물집이 생기고 심하면 곪기까지 한다. 더 미치겠는 건 염증이 가라앉고 딱지가 생긴 뒤에 더 가렵다는 거다. 독성 자체도 강하지만 그보다 가려움을 참지 못해 인간이 자기 손으로 증세를 더욱 악화한다는 데 이 모기의 고약함이 있다.

"으, 가려워! 남쪽이라 그런가? 처서면 모기 입이 비뚤어져야 하는데 어찌된 게 한여름보다 더 극성이야."

한집에 사는데 남편이라고 모기가 피해갈 리 없었다.

"모기 물렸어? 긁기 전에 빨리 비누칠하면 물린 자리가 쏙 들어가. 해봐."

"말도 안 돼. 씻는 거랑 무슨 상관이야?"

"진짜야. 모기 침은 산성이고 비누는 염기성이라 중화되는 거야."

모기 물린 손을 씻다가 우연히 알게 된 비법인데, 찾아보니 정말 과학적 근거가 있는 얘기였다. 처음에는 믿지 않던 남편도 즉각적인 효능을 체험하고는 나서서 비법을 전파하기에 이르렀다. 페퍼민트 오일도 효과가 있다. 부풀어 오르기 시작할 때 오일을 바르면 거짓말처럼 물리기 전의 피부로 돌아간다. 유난히 피부가 약한 내게 비누와 페퍼민트 오일은 구세주와 같았다. 약보다 뛰어난 응급처치를 알고 난 후 성가시긴 해도 모기가 그렇게 두렵지는 않았다. 모기는 그렇게 이겨 냈지만 뱀은 극복이 아닌 피해야 할 대상이었다.

"풀숲에 들어가려거든 장대로 두드리면서 뱀이 도망가도록 신호를 주고 장화를 꼭 신어야 해. 대비하고 조심하면 돼."

뱀이 튀어나와 공격할까 봐 걱정하는 내게 남편이 해준 말이다. 뱀이 좋아하는 으슥한 시간과 장소를 피한대도 1년에 몇 번 마주치는 건 어쩔 수 없었다. 한번은 도토리 줍겠다고 손으로 낙엽을 들추다가 똬리를 튼 뱀을 만났다. 뱀은 미동도 않고 죽은 척했고 나도 들이마신 숨을 내쉬지 못했다. 이 정적을 어쩌지 못해 들췄던 낙엽을 슬며시 내려놓고 자리를 피하니 아무 일도 일어나지 않았다. 뱀은 내가 밟거나 위협하지 않으면 조용히 어둠 속으로 사라졌다.

벌레 그림자만 봐도 책상 위로 뛰어올라 있는 대로 소란을 피우던 나는 이곳을 알아갈수록 조금씩 슬기로워졌다. 텃밭에서 작물을 갉아먹는 벌레를 보면 어디서 그런 용기가 나는지 맨손으로 잡아 던진다. 그런 내 모습에 흠칫 놀라기도 한다.

여름의 끝을 잡고 활개를 치던 모기는 감이 붉어지고서야 잦아들었다. 이쯤 되면 더위를 피해 해 질 녘에 즐겼던 백구와의 산책을 아침으로 옮긴다. 그러면 이따금 평소와 다른 차림의 어르신들을 만날 수 있다.

"진주 목걸이 멋지네요. 예쁘게 화장도 하시고 어디 가세요?"

"오늘 장날이잖아."

"지금 6시 50분인데 너무 일찍 나오신 거 아니에요?"

"날씨 좋은께 일찍 나와서 그냥 노는 거여."

마을버스는 아침 7시 반, 10시, 1시, 3시 반, 하루 네 번 마을로 들어온다. 저녁 6시 10분 차가 있긴 한데 읍내에서 들어오는 승객이 없으면 운행하지 않는다. 읍내 가게 대부분은 8시면 문을 닫아서 저녁시간에는 읍내로 나가려는 주민도 마을로 들어오는 사람도 거의 없다. 그러니까 3시 반 이후 읍내로 나가려면 콜택시를 이용해야 한다. 드문드문 오는 버스를 놓치면 크게 낭패감을 맛보거나 택시비가 들기 때문에 서둘기는 해야겠지만 그렇다고 40분이나 일찍 나서다니. 버스 시간이 임박할 때까지 최대한 뭔가를 더 하다가 허겁지겁 집에서 나오는 내게는 있을 수 없는 일이다.

촘촘한 내 시계와 달리 이곳의 시계는 시간과 시간 사이가 성글다. 어르신 걸음 따라 느리게 걷다가 익어가는 벼 이삭을 손으로 쓸어보고 누구네 바둑이가 새끼를 몇 마리 낳았는지 살피다 보니 얼추 버스 올 시간이 다 됐다.

"장에 가서 뭐 사시게요?"

"배추 모종. 심어서 김장해야지. 간 김에 김내과 들러서 약 타오려고."

김내과라면 어르신들이 입을 모아 칭찬하는 병원이다. 그런데 이 병원에 가려거든 시계는 내려놓아야 한다. 의사 선생님이 환자 한 사람 한 사람 진료를 얼마나 오래 보시는지 대기 환자가 도통 줄지를 않는다. 하지만 진료를 받아보면 기다리다 지쳐 꽁했던 마음이 스르르 풀린다. 연세 지긋한 의사 선생님은 환자의 말을 끝까지 다 듣고 이런저런 질문을 하시고는 상태와 치료법을 쉽고 상세히 설명하셨다.

"치료하면 낫는 거니까 너무 염려 마시고 처방받은 약은 시간 맞춰서 끝까지 다 드셔야 해요."

육체적 고통으로 인한 정신적 피로감까지 어루만지는, 병원에서 이제껏 본 적 없는 마음 씀씀이에 놀랄 수밖에 없었다. 거기다 연필로 작성한 종이 차트를 나무 수납장에 가나다순으로 보관하는 걸 보고 또 한 번 놀랐다. 지금이 몇 년도더라, 하고 한순간 어리둥절해진다.

그래도 읍내는 그리 먼 과거도 아닌 셈이다. 우리 마을은 쓰레기 수거차량이 없는 시대에 멈춰 있다. 쇼핑센터가 없어서 사들이지 못할 걱정은 했어도 버릴 문제는 전혀 생각지 못한 일이라 한동안은 쓰레기 봉지를 들고 우왕좌왕했다. 할 수 없이 쓰레기를 차에 싣고 읍내까지 나가서 버리는데 사정이 이렇다 보니 물건 살 때 버릴 일까지 생각하게 된다. 쓰레기를 줄이려 애쓰고 오래 쓸 걸 생각해서 신중히 고르는 건 바람직하지만 외출할 때 쓰레기 챙기는 게 불편하긴 하다.

느리지만 한가로운 시골과 빠르지만 복잡한 도시, 어디든 불편하지 않은 곳이 있을까. 도시에 가면 문명의 맛이 달콤하고 좋다가도 인파와 주차 전쟁에 진이 빠지면 너른 들판과 산이 그리워진다. 그립고 생각나면 사랑이라던데 벌레 많고 과거에 머물러 있는 세계임에도, 그럼에도, 우리는 시골을 사랑하나 보다.

시간과 공간의 여유가 있는 곳. 그 여유를 온전히 나 자신에게 쏟을 수 있는 곳. 그 장점이 집채만 해서 단점은 콩알만해지는 곳. 어느새 이 세계의 느슨한 매력에 젖어들었다.

이상한 사람과 이상한 사람

주룩주룩 시원하게 내리는 비가 얼마 만인지. 이 마을에 평생을 살았는데, 내 나이 70이 되도록 올해처럼 저수지 바닥까지 바짝 마른 건 처음 본다. 산에서 내려오는 자연수도 시원찮아서 그동안 고추밭에 물 대느라 내 목이 다 타들어가는 것 같았다. 그나저나 저 여자는 비 오는데 나와서 호미 들고 뭐 하겠다는 거지? 농촌에서는 비 오는 날이 휴일인데 비옷에 장화도 부족해서 파라솔까지 들고 나온 걸 보니 아주 작정을 했구먼. 맑은 날에도 파라솔 들고 다니더니 참 이상한 여자야.

저 여자가 우리 마을에 들어온 지 햇수로 한 7년

됐나? 그런데 아직 직업이 정확히 뭔지도 모르겠고 아무리 봐도 도대체 하나부터 열까지 이상한 것 투성이다. 읍내에서 화실인가 뭔가 한다는데 노상 집에 있는 거 보면 백수가 분명하다. 백수면 농사일이라도 열심히 해서 자기 밥값은 해야지. 사람이라면 자고로 땀 흘려 일해야 하거늘, 콩 심은 데 콩 나고 팥 심은 데 팥 나는 건데 텃밭을 저 모양 저 꼴로 대충대충 해놓고 뭘 해 먹겠다는 건지. 벌레 생기기 전에 농약 치고, 잡초 뽑고, 비료랑 퇴비도 듬뿍 줘야 수확이 되지 맨땅에다가 씨앗만 심어놓고 물이나 가끔 주니 그게 잘될 리 있나? 어제 보니까 그 집 배나무에 배가 주렁주렁 열렸던데 솎아내지도 않고 새가 다 쪼아 먹으라고 봉지도 안 씌우고 있다. 보는 내가 다 속 터진다.

춘삼월이었나? 한번은 비닐하우스에서 고추 모종에 물 주고 있는데 그 여자가 웬 쑥 인절미를 종이에 둘둘 말아 들고 왔다.

"아저씨, 이거 저희 엄마가 보내주셨는데 드셔보세요."

"얼려두고 먹지, 뭣 하러 들고 와? 쯧쯧쯧."

평소 입고 다니는 거 보아하니 떡 돌릴 형편이 아닌 거 같은데 본인이나 먹을 것이지 이 집 저 집 퍼주고 있다. 아무튼 요즘 것들은 음식 귀한 줄 모른다니까. 더 웃긴 건 그 집 개다. 집 지키고 잔반 처리하는 똥개야 한 마리 있음직하지만 돈이 썩어나는 것도 아닌데 어째서 세 마리나 들여서 사룟값을 축내는 건가? 참, 재작년 겨울에 마을에 들어온 다 죽어가는 발바리가 그 집에 들러붙었는데 그걸 또 밥 주고 기르는 것 같다. 한때는 마당에 큰 백구 다섯 마리가 우글우글했는데 지날 때마다 어찌나 한숨이 나오던지. 처음에는 저 여자가 개장수 하려나 했다. 겨울에는 개한테 패딩 조끼를 입혀서 끌고 다니던데 얼마나 황당하던지. '에라~, 차라리 개미한테 장화를 신기겠다!'

가던 걸음을 멈추고 헛웃음을 터뜨린 아저씨가 패딩 입은 백구랑 나를 번갈아 보시는데 그 시선에서 '개미한테 장화도 신기지 그러냐'는 말이 들리는 듯했다. 저 아저씨는 나만 쫓아다니시는 건지 백구와 산책을 나가든, 직사광선을 피해 밭일을 하든, 빨래를 널든, 하여튼 밖에만 나가면 마주친다.

이따금 고개를 절레절레 저으며 이해 못 하겠다는 눈빛으로 나를 보시는데 나야말로 아저씨를 이해 못 하겠다.

여태껏 저 아저씨가 앉아서 쉬거나 누구랑 노닥거리거나 식사하는 걸 본 적이 없다. 툭하면 버럭 하고 웃지도 않으신다. 먼저 다가가 인사 드리면 곁눈으로 마지못해 대충 받으시는데, 그러면 괜히 인사를 해서 귀찮게 한 것만 같다. 혼자 먹기 아까우리 만큼 맛있는 떡을 드리면 '쯧쯧쯧' 한심해서 내가 뭔가 잘못이라도 한 것 같다. 연중무휴 눈 떠서 감을 때까지 앙상한 몸으로 표정 없이 노동만 하는 저 아저씨는 대체 무슨 낙으로 사시는 걸까?

며칠 전, 마을회관에서 복날 맞이 행사가 있었다. 마을 사람 모두 모여 한 해 더위를 잘 이겨내자는 의미로 음식을 나눠 먹고 친목을 도모하는 자리다. 회관 거실에 펼쳐진 큰 상에 떡, 수육, 홍어, 포도, 복숭아, 수박이 깔렸고 막걸리와 맥주, 소주가 오갔다. 잔치가 한창인 그때 '달달달달달' 점점 커지는 경운기 소리가 들렸다. 모두의 시선이 거실 통 유리창 밖으로 꽂혔다. 그 소리의 주인공은 이 자리에 없는 사람, 다름 아닌 바로 그 아저씨다.

다른 사람이라면 밥 먹고 가라고 멱살이라도 잡아끌고 올 어르신들인데 지나가는 구름 대하듯 아무도 입을 열지 않았

다. '달달달' 소리가 멀어지자 경운기를
향했던 어르신들의 시선이 다시

잔칫상으로 돌아왔다. '일하고
싶은 사람은 일하게 둬야지'
하는 분위기에 익숙해질 때도 됐는데 나는 아직도 아저씨가
이상하다. 아저씨는 사람의 탈을 쓴 농사 로봇인가?

　구름 한 점 없이 맑은 날 내가 굳이 파라솔까지 들고 밭에
나가는 이유는 햇볕 알레르기 때문이다. '별의별 알레르기
가 다 있네' 할지도 모르지만 내 피부는 직사광선을 쬐면 수
포가 생기고 각화되다가 벗겨진다. 그럴 때면 화상 연고를
바르는데 새살이 돋을 때까지 가렵고 따가워서 보름은 족히
고생한다. 그래서 비 오는 날 몰아쳐 밀린 밭일을 한다. 해가
쨍한 날에 불가피하게 밭일을 해야 하면 그때는 햇볕을 가
리기 위한 중무장과 파라솔이 필수다.
　파라솔을 어깨에 걸치고 호미질을 하다가 고개를 드니 볏
단을 이고 우사로 들어가는 아저씨가 보인다.
　'비 오는 날은 쉴 법도 한데 몸이 근질근질하신가 보네.'
　내가 비 오는 날에도 해가 쨍한 날에도 파라솔을 들어야
하는 것처럼 일만 하는 저 아저씨에게도 나름의 이유가 있

을 거라고 이해해본다.

밭일은 더는 못하겠다 싶을 때 끝이 났다. 집에 들어오니 으슬으슬 한기가 들어 따뜻한 차 생각이 간절했는데 마침 남편이 커피를 내리고 있었다.

"아까 보니까 아저씨가 송아지 여물 주고 계시더라고. 문득 '저 아저씨는 어째서 나한테 애 낳으라고 안 하시지?' 하는 생각이 들더라."

"그럼 감사한 일이지. 별생각을 다 하네."

"마을 어르신 중에 그 말 안 하신 분이 없잖아."

"아저씨가 남 일에 관심이 없으신 거 아냐?"

"그렇다기엔 개 팔아라, 배에 봉지를 씌워라 하셨잖아. 그런데 출산에 관해서는 아무 말도 없으신 게 이상하지 않아?"

처음 이 마을에 왔을 때는 애 낳으라는 소리를 하는 모든 사람이 이상했는데 이제는 그런 얘기를 하지 않는 사람이 이상하게 느껴졌다. 남편은 커피를 내주며 이해할 수 없다는 듯 대답했다.

"내 눈엔 아저씨도 너도 모두 이상해."

생김새만큼이나 생각도 다양한 우리는 서로에게 모두 이상한 사람이다. 그걸 받아들이지 못하고 나와 다른 점을 부정적으로 보는 순간 편견이 싹트기 시작한다. 시골 사람들은 편견으로 가득하니 조심하라는 말을 듣고 마을 사람 전부를 이상한 사람 취급했던 나야말로 편견으로 똘똘 뭉쳐 있었던 건 아닐까? 서로의 다름을 나에게는 없는 특별함으로 바라본다면 이상한 점은 이상한 대로 좋은데 말이다.

없는 게 많아서 재주가 늡니다

　시골의 밤, 산의 윤곽만이 또렷한 어둠 한복판에서 남편은 치킨을 찾아 두리번거리곤 했다. 읍내에 치킨 가게가 몇군데 있긴 하지만 안타깝게도 우리 마을까지는 배달이 안된다. 못 먹는다 생각하면 더욱 애달파지는 법. 그렇다면 방법은 하나뿐이다.

　'내가 만들지, 뭐.'

　치킨은 에어프라이어만 있으면 생각보다 만들기 간단하다. 먼저 뜨거운 물로 샤워시킨 토막 닭을 후추, 소금, 청주로 밑간해둔다. 그대로 담백하게 만들어도 좋지만 치킨 테마에 따라 굴소스, 카레, 혹은 약간의 MSG로 감칠맛을 더해도 좋다. 닭에 간이 배어들면 식용유에 취향껏 허브나 마늘을 섞어 풍미를 두른다. 여기까지는 닭의 잡내를 없애고 간을 한다는 개념으로 자유롭게 하는데, 마지막 한 가지 과정은 꼭 지킨다. 바로 튀김옷으로 밀가루나 튀김가루가 아닌 전분을 사용하는 것이다. 전분의 바삭함은 날이 서 있으면서도 섬세하다. 또한 놀랍게도 식어서까지 바삭하다.

양념을 흡수한 촉촉한 닭에 전분을 부어 톡톡 두들기듯 코팅한 다음 다시 한번 식용유를 뿌리고 에어프라이어에 넣는다. 작동시간은 40분, 치킨 표면에서 기름이 지글지글 끓어오르다가 바닥으로 후드득 떨어지길 여러 번, 침이 고였다가 꼴깍 넘어가길 반복하면 '띵!' 하고 완성을 알리는 경쾌한 종소리가 들린다.

오돌토돌한 황금빛 치킨을 집게로 집어 입에 넣는 순간 들리는 '화사삭' 소리에 살아 있어 좋다는 생각까지 든다. 김이 모락모락 올라오는 치킨 더미에 채 친 깻잎이나 대파 고명을 수북이 얹으면 개운한 맛이 또 다른 재미를 준다.

"맛이 어때?"

"방금 입안에서 육즙이 잠금 해제됐어. 오, 대단해. 치킨의 기본에 충실하면서도 독특해! 손님 초대해야겠는데?"

"이 정도 가지고 호들갑은. 치킨이야 쉽지."

"치킨이 쉽다고? 그럼 빵 만들기도 쉽겠네?"

"빵? 아, 그럼~. 당연하…… 아니, 내가 빵을 어떻게 만들어!"

남편은 칭찬하면서 은근히 본인이 원하는 방향으로 나를 이끌려 했다. 휴, 하마터면 얕은 수에 말려들 뻔했네. 그러다 번득 생각났다.

"아, 맞아. 예전에 천연발효빵을 만들어보고 싶어서 건포도도 샀었어."

남편은 치킨 마니아이자 '빵돌이'라서 우리 아침은 빵으로 시작된다. 먹는 사람도 차리는 사람도 가볍게 하루를 시작하자는 취지였는데 읍내에서 마음에 드는 빵을 구하는 일은 절대 가볍지 않았다. 정말 이럴 바에는 차라리 만들어 먹는 편이 더 속편하겠다는 생각도 자주 들었다.

"내가 오븐 주문했어. 또 뭐가 필요하지? 반죽기? 빵틀?"

남편은 지나가듯 던진 내 말을 덥석 물고 베이킹에 필요한 기기와 도구를 적극적으로 사들이기 시작했다. 등 떠밀려 천연발효빵 책을 주문하면서 나도 차 덖기 이후 오랜만에 설렘을 느꼈다.

"또 망친 거 아냐?"

"글쎄, 어떨지 잘 모르겠네."

사워도 호밀빵, 요거트발
효종 씨앗 통밀빵, 건과일발
효종 검은깨 피타, 포도발
효종 쌀바게트, 자두발효
종 자색고구마 캉파뉴, 이왕 하는 거 제대로 해
보겠다고 유기농 강력분 한 포대를 사서 책이 너
덜너덜해지도록 공부했는데 구워 나온 걸 보면 부
풀기가 못 미쳐 식감이 무겁거나 어딘가 부족했다. 허구한
날 망친 빵은 백구들 간식으로 돌아갔다. 아무래도 하드 계
열 빵을 굽기에는 오븐의 성능이 부족하다 싶었고, 또 발효
종은 유지 관리가 쉽지 않았다. 건강한 식사 빵은 언젠가의
일로 남겨두고 대신 평범한 이스트 발효빵이나 디저트로 눈
을 돌렸다.

"소금빵이 이렇게 맛있는 거였어? 생크림식빵에 버터 발
라 구우면 예술이야. 내 아내, 정말 진심으로 존경한다!"

빵을 한입 가득 베어 문 남편이 세상을 다 가진 얼굴로 여
태 들어본 적 없는 찬사를 보냈다. 아침에 눈 떴을 때 고소하
고 달콤한 빵 냄새가 솔솔 풍기면 포근한 구름에 둘러싸인
듯하고 이내 세상이 아름답게 보이면서 급기야 무엇이든 용
서할 수 있는 경지에 이른다나? 남편은 우주 최고의 제빵사

라며 내게 극찬을 아끼지 않았다. 내가 최고일 리 없겠지만 갓 구운 빵이 우주에서 가장 맛있는 건 확실하다.

남편은 잡곡이 씹히는 시큼한 향의 거북이 등껍질 같은 빵을 그리 좋아하지 않는다. 그걸 알면서도 건강에 좋으니까 먹었으면 했는데 먹고 싶은 걸 먹어서 이렇게 행복 바이러스가 샘솟는다면 버터와 설탕 좀 먹으면 어떤가 싶다. 이왕 이렇게 되었으니 좀 더 확실히 넣어볼까.

봄에는 생 딸기를 듬뿍 넣은 상큼한 생크림케이크, 초여름에는 향긋한 블루베리 치즈케이크, 늦여름에는 입에서 사르르 녹는 무화과를 넣은 도지마롤, 가을에는 계피 향이 도는 사과파이. 새콤달콤한 디저트는 밭에서 과일을 직접 수확하는 과정까지 더해져 커피와의 궁합에 정점을 찍었다.

"케이크가 끊이지 않는 집이라니. 부자가 된 것 같아. 이건 진짜 팔아도 되겠어!"

시골이라 아쉬워 시작한 빵이 시골이라 가능한 빵으로 역전되어갔다.

"나중에 장작 때는 화덕 만들어줄래? 언젠가는 직접 재배한 금강밀로 내가 좋아하는 거북이 등껍질 빵을 꼭 굽고 싶어."

남편이라면 화덕 정도는 뚝딱 만들 것이다. 뭐든 만드는 걸 좋아하는 남편은 도시에서도 목공이 취미였다. 그게 얼마나 재미있으면 퇴근 후 저녁밥도 거르고 도심 한가운데의 열악한 공간으로 달려갔을까. 환기가 어려워 분진이 산처럼 쌓인 그곳은 사람이 드나들기도 좁은 계단을 올라야 했는데, 내 키보다 더 큰 나무 자재를 들고 계단을 간신히 올라 코너를 돌라치면 나무판의 네 모서리가 벽과 천장을 연신들이받았다. 그뿐 아니라 밀집된 주택가에 위치해서 공구의 ON 버튼을 누르기 전에 시간대를 살피고 이웃에 소음 피해가 갈까 마음을 졸여야 했다. 그런 환경에서도 남편은 나에게 화장대를 만들어주는가 하면 내가 살던 아파트의 세면대 하부장과 선반을 짜주기도 했다.

"투박하지 않고 단순한 디자인에 보통 식탁보다 길면 좋겠어."

"길고 투박하지 않게……. 그럼 단단한 물푸레나무로 해야겠네."

테이블쏘에서 원목 한 판이 크고 작게 잘려 나간 뒤 각도 절단기, 샌딩기, 트리머를 통하자 상판과 다리의 각이 딱딱 맞아들었다. 여전히 시끄럽고 분진 날리는 공정이지만 남편의 손길은 도심 속 작업실에서보다 매끄럽고 신속했다.

나흘 뒤, 물푸레나무 특유의 결이 살아 있는 커다란 식탁이 집 안으로 들어왔다. 은은한 광택이 도는 가구 하나로 다소 건조하던 집 안 분위기가 따스해졌다. 우리는 그 식탁에서 치킨과 빵을 먹으며 전보다 할 줄 아는 게 많은 사람으로 성장해나갔다. 여전히 없는 게 많은 시골이라 앞으로도 발전 가능성은 무한할 테고 우리는 서로에게 그리고 스스로에게 든든한 후원자가 되어주겠지.

오일장의 불꽃놀이

11월 말이면 무와 배추 수확을 마지막으로 한 해 농사가 끝난다. 김장으로 거하게 피날레를 장식하고 나면 본격적인 농한기로 접어드는데, 이곳 어르신들은 이때부터 이듬해 농번기까지 정말 아무것도 하지 않고 겨울잠 자듯 쉬신다. 한겨울에 마을회관에 가보면 각자 베개 하나씩 끼고 여기저기 흩어져 뒹굴뒹굴하고 계시는데 그 모습이 마치 누에고치 같아서 피식 웃음이 난다. 핸드폰 뺏기고 감옥에 갇히지 않는 이상 우리에게는 있을 수 없는 일이다. 봄부터 가을까지의 노동이 법정 근로시간을 훌쩍 초과했다 해도 그렇지 어떻게 1년의 3분의 1을 눈치 보지도 불안해하지도 않고 당당하게 놀 수 있는 걸까.

농사라기엔 민망할 정도로 작은 텃밭을 운영하지만 노는 분위기에 휩쓸려 나도 하루쯤은 아무것도 하지 않고 뜨끈한 방바닥과 한 몸이 되어보고 싶었다. 잠자코 누워 있는 데 익숙하지 않은 나는 한 시간도 버티기 어려웠다. 입이 심심해서 군것질이라도 해야겠는데 과자나 곶감은 칼로리가 높고 고구마는 배불러서 부담이니 뻥튀기가 딱이겠다. 멍하니 있자니 생각이 뻥튀기로 튀었고 그 생각은 나를 벌떡 일으켜 세웠다. 역시 가만히 있는 건 체질에 안 맞아.

　"오늘 며칠이지? 장날인가?"

　"15일이니까, 맞네. 장날이네."

　"오예! 오늘은 기필코 뻥튀기 해야지. 당신 나가는 길에 나 읍내에 내려줘."

　나는 여름내 수확해 말려둔 옥수수알 주머니를 들고 차에 올랐다. 저 멀리서부터 형형색색 파라솔이 보이고 사람들로 북적북적하니 덩달아 기분이 들떴다. 장날이라면 괜히 반갑고 엉덩이가 들썩거리지만, 나는 가격 흥정을 잘 못하기도 하고 또 시장에서는 소량씩 팔지 않아서 막상 열정적으로 뭔가를 사지는 못한다.

　한겨울에 유독 북새통인 뻥튀기 코너 덕에 장터 분위기는 평소보다 달궈져 있었다.

"뭐 튀기실라고?"

"옥수수요."

"어디 봐요. 하따 무지하게 깡깡허요. 엥간치 말려야제. 물
반 컵 섞어야 쓰겄네."

"얼마나 걸릴까요?"

"한…… 두 시간은 기둘려야겄는디? 이거 놓고 한 바퀴 돌
고 오소."

하, 이거 하나 하려고 두 시간이나? 빙빙 돌아가는 뻥튀기
기계 옆에서 언 손을 녹이며 잠시 고민했다. 저번에도 뻥튀
기 기계를 향해 선 긴 줄을 보고는 다음에 와야지 했는데, 새
벽에 나오지 않는 이상 다음으로 미룬다고 대기 시간이 줄
진 않을 터였다.

'핸드폰 보면 시간 금방이지, 뭐.'

할 수 없이 쪼르르 앉아 계신 어르신들 맨 뒤로 가서 앉았
다. 어르신들 손에 들린 꾸러미에는 쌀이나 콩 같은 곡식뿐
아니라 무말랭이, 버섯, 여주, 땅콩, 우엉, 연근, 더덕 등 별의
별 게 다 있다. 대기자들은 분명 오늘 여기서 처음 만났을 텐
데 오래 알고 지낸 사이처럼 친밀해 보였다. 말 섞을 재주 없
는 나는 습관처럼 핸드폰을 열었다.

"날이 여간 추워야제. 장날 목간 가서 포도시 씻는당께."

"여 말이여, 볕 뜰 때 김장 다라에 물 받아놔. 그라믄 저녁 때 따순 물로 씻을 수 있제."

"하따, 저 양반 야물딱지네."

오호, 그걸 몰랐네? 안 그래도 밭에서 일하다가 손이나 채소라도 대강 씻을라치면 물이 차가워 괴로웠는데. 달빛 아래에서 태양의 에너지가 담긴 물로 목욕하는 어르신을 상상하니 뭔가 주술적이고 신비롭게 느껴졌다. 흥미진진한 대화를 엿듣다 보니 핸드폰 속 글자가 눈에 들어오지 않았다. 돌고 있는 뻥튀기 기계가 언제나 열리나 바라보는데, 드디어기계가 멈추고 망태기가 기계 입구에 걸렸다.

"뻥이요!"

어깨를 잔뜩 움츠리고 양손으로 귀를 막았다. 그런데 쇠꼬챙이로 있는 힘껏 뚜껑을 여는 순간, '피슉' 실망스러운 소리가 났다. 에이, 뭐야. 방귀 소리보다 작잖아. 헐렁한 망태기가 소쿠리에 쏟아낸 걸 보니 원래 모습에서 별로 커지지 않은 검은콩이다. 또 다른 뻥튀기 기계 하나가 연이어 열렸다.

"뻥이요!"

이번엔 안 속아, 했는데 '푸와아앙!' 하늘이 쪼개지도록 울리는 굉음과 함께 눈앞의 모든 것이 자욱한 연기 속으로 사라졌다. 잠시 후 하얀 연기를 가르며 구름 빵 같은 것이 와르르 쏟아졌다. 내 손바닥만큼 부푼 떡국 떡이 작은 산을 이루자 사람들이 가던 길을 멈추고 일제히 탄성을 질렀다. '우와아아.' 여의도 불꽃축제에서 들었던 함성이 이랬을까. 그러나 뻥튀기 쇼는 불꽃놀이와 차원이 다르다. 시각, 청각, 촉각, 미각, 거기에 구수한 향까지 오감을 자극하는 입체적인 이벤트다. 구름 빵 주인은 남아 있는 대기자들에게 희망을 한 줌씩 나눠준 뒤 빵빵한 파란 봉투를 안고 잰걸음으로 자리를 떴다.

　다음 주인공은 태양의 물로 목욕하시는 어르신네 옥수수다. 가만 보니 부풀어 오르는 만큼 소리도 커지나 본데, 그렇다면 과연 옥수수 튀겨지는 소리는? 콩과 떡 중간쯤의 뭉게구름과 함께 짧고 굵은 '빵!' 소리가 났다. 뻥튀기 소리가 이렇게 제각각일 줄이야. 멍하니 한자리에 오래 머물러 있자니 별걸 다 관찰하고 있다.

아무 할 일 없는 공간이 나의 시선을 여행자의 그것으로 만들어놓았다. 만일 이곳이 마트였다면 꼼꼼히 비교 분석하며 뭐라도 하나 더 사려고 혈안이 되었을 테고 테이블과 와이파이가 갖춰진 카페였다면 늘 하듯이 노트북을 열거나 핸드폰을 켜서 눈을 혹사시켰을 텐데 멀뚱멀뚱 앉아 있어야 하는 제한된 상황이 오히려 나를 호기심 많은 여행자로 변모시켰다.

내 차례는 아직 멀었고, 이렇게 된 바에 작정하고 여행하듯 움직여볼까. 꼬마가 대성통곡하고 있는 쪽으로 가보니 가축 코너다. 엄마한테 강아지 사달라고 떼를 쓰는 모양이다. 강아지는 바둑이, 깜둥개, 백구, 황구 모두 다르게 생겼지만 똑같이 귀여워서 만일 내가 어느 한 마리를 데려가야 한다면 결정하지 못할 것 같았다. 동물은 왜 이다지도 귀여워서 인간의 애를 태울까. 병아리, 토종닭, 오리, 염소…… 어린이들 틈에서 하염없이 동물을 구경하고 있는데 주머니에서 어렴풋한 진동이 느껴졌다.

"전화를 왜 이리 안 받아. 일이 빨리 끝나서 시장 입구에 와 있거든, 어디야? 뻥튀기 다 했어?"

남편의 전화에 정신이 번뜩 났다. '아 뻥튀기!' 내 뻥튀기는 파란 봉지에 담겨 얌전히 나를 기다리고 있었다. 온기 머금은 뻥튀기 봉지를 한 아름 품에 안아 들고 시장을 나서면서 언제든 마음만 먹으면 쉬러 올 수 있는 오일장의 소중함을 되새겼다. 이날의 영감을 간직한다면 언제 어디서고 잠깐의 휴식 같은 여행을 경험할 수 있으리라 생각하니 어쩐지 마음 한구석이 든든하다.

2장

멀리서 발견한
가까운 행복

"독일에 같이 가자."

녀석에게 통보하듯 말하자 녀석이 머뭇댐 없이 대답했다.

"그래."

이 중대한 사안 앞에서 녀석은 한 치의 주저함도 놀람도 없었다.

내가 이 말을 해주길 기다렸나? 너무 당황해서 담담한 척하나?

녀석도 나처럼 이곳 생활에 미련이 없어 보였다.

우리는 안전하게 망해가고 있었다

그림 작업에 몰두하겠다고 회사를 그만뒀을 때였다. 나에게도 그런 시절이 있었다. 도시를 떠난다는 생각은 해본 적도 없고, 미래에 대한 불안과 열망이 동시에 들끓었던 때. 그림 가르치는 일도 그때 처음 시작했다. 고등학교 때 가장 친했던 친구 민영과 전화로 서로의 근황을 묻다가 얼결에 벌어진 일이다. 민영은 대학원을 졸업한 후 미술 작업에 매진하다가 30대에 들어서면서 미술교육 사업으로 진로를 튼 참이었다.

어찌저찌 민영의 사무실 바로 옆 아파트로 이사까지 했다. 호수아파트는 오래돼 보였지만 내부는 인테리어를 새로 해서 깨끗했다. 방 세 개에 거실과 주방이 트여 있어서 그림 작업하며 생활하기에 충분해 보였다. 일은 하고 싶은 만큼만 하기로 했다. 보통 주중 3일, 점심 먹고 나가서 저녁때 들어왔다. 그림 그릴 시간을 확보하기 위해 최소한의 수업만 했기에 나는 민영에게 그리 큰 수익을 안겨주지는 못했다. 내가 학부모와 아이를 대하는 업무에 요령이 생길 즈음 민영은 소개로 만난 남자와의 결혼을 서둘렀다.

"아빠 체면도 있고 해서 식사 비싼 걸로 했어. 양식이 코스로 나올 거야. 남자친구랑 꼭 같이 와!"

민영은 신신당부를 했다. 지금은 남편이 된 당시 남자친구는 대학 때 친구로 시작한 사이여서 여전히 '이 녀석' '저 녀석' 하고 불렀다. 녀석도 나를 따라서 우리 집 근처의 원룸으로 이사를 왔는데, 아침잠 많은 녀석을 깨워서 같이 갈 생각을 하니 발목에 모래주머니를 찬 기분이었다. 가볍게 혼자 다녀올까 하다가 그래도 예의상 말을 전했다.

결혼식 당일, 웬일인지 녀석은 늦지 않게 왔다. 정장 차림에 머리에 왁스도 바르고 말이다. 백화점 에스컬레이터를 타고 5층에 도달하니 발이 푹푹 빠지는 베이지색 융단이 예식장으로 안내했다. 이대로 융단을 따라 걸으면 큐빅과 레이스와 생화로 장식된 호박마차가 대기하고 있을 것 같았다. 융단의 끝에 다다르니 같이 일하는 선생님들이 날 향해 손을 흔들었다.

"다들 일찍 오셨네요? 저 남자친구랑 같이 왔어요."

"남자친구? 안녕하세요. 어머~, 키도 크고 멋있다!"

"배우 이정진 닮았어요~!"

"아냐, 아냐. 현빈이야, 현빈!"

녀석은 큰누나뻘 선생님들 사이에서 황송하게도 연예인 대접을 받았다.

"그런데 하는 일이 뭐예요?"

"큐레이터입니다."

어떤 누나는 "어머, 어머" 소리를 냈고 어떤 누나의 눈썹은 한껏 치켜올라갔다. 그날 대기업 다니는 새신랑보다 배우 닮은 큐레이터가 더 주목을 받았지 싶다. 어떤 드라마 덕분인지 녀석이 하는 일은 그럴싸해 보였다. 드라마 속 큐레이터는 대체로 우아하고, 재벌 2세의 막내거나 혼외자쯤 되고, 사업가 기질보다는 예술적 감각을 타고난 것으로 그려졌다. 유학파인 그들은 갤러리의 통 유리창 안에서 팔짱을 끼고 작품 앞을 거닐다가 이따금 미간에 힘을 주곤 했다.

민영의 결혼식에 다녀오기 전까지는 남들 눈에 녀석이 그렇게 보이는 줄 몰랐다. 내가 아는 사설 갤러리의 큐레이터 일은 현장직을 포함한다. 정확히는 '갤러리스트'라고 하는데 한 번 더 대답하는 일을 예방하기 위해 그냥 '큐레이터'라고 소개한다. 녀석은 갤러리에서 사다리를 타고 못을 박고 페인트칠을 한다. 물론 전시 기획도 하지만 작가 미팅부터 작품 설치와 사진 촬영, 글쓰기, 디자인, 인쇄, 홍보까지 전시 전반을 다뤄야 한다.

드라마 밖의 어떤 큐레이터는 혼자 여럿의 몫을 감당하고도, 경력이 아무리 쌓여도 박봉이었다. 전달 월급이 이달 생활비로 빠듯할지언정 사람들은 그를 고급스럽게 봤고 작가들은 그에게 잘 보이려 애썼다. 작품을 연구하고 기획하는 큐레이터의 옆모습은 누가 봐도 반할 만큼 멋지긴 하다. 그를 살게 한 건 월급보다 명예와 성취감이었겠다.

일로 가득 채운 하루를 보낸 그는 늦은 귀갓길에 새빨간 곱창볶음을 자주 포장해 왔다. 동틀 녘까지 영화를 보거나 게임을 하는 녀석의 모습에 혀를 차면서도 일면 이해는 됐다. 녀석도 나처럼 '내 시간'을 확보하려 부단히 애썼던 것이다. 그래서 녀석은 늦잠을 자주 잤고, 지각을 면하려 택시 타는 데 월급을 적잖이 썼다.

'네가 그러면 그렇지. 또 지각하겠네.'

8시가 넘어 세 번째 모닝콜을 했지만 역시나 받지 않는다. 허구한 날 지각하는데도 직장에서 잘리지 않는 게 신기하다. 하긴 어디 그뿐인가. 친한 형의 결혼식 날, 사진 촬영이라는 중대한 임무를 맡아놓고 자느라 나타나지 않는가 하면 지난주 토요일에는 1시에 나랑 만나기로 해놓고는 역시 자고 있었다.

전화로 깨우길 체념한 나는 재빨리 커피를 내려 텀블러에 담고는 녀석의 반지하 원룸으로 쫓아갔다. 녀석이 사는 빌라 유리 출입문을 어깨로 밀고 들어서니 시야 가득 공동우편함이 들어왔다. 고지서 뭉치가 찔려 있는 칸은 B02호뿐이다. 그 뭉치에 전기요금 최고장이 섞여 있다.

'아휴, 얘는 뭐 하느라 제때 안 내고……'

고지서 뭉치를 빼들고 반 층 내려가 현관 번호 키를 누르려는데 문이 제대로 닫혀 있지 않았다. 단속에 관심이 없는 녀석을 대신해 밤새 보일러가 열심히 돌아갔겠다. 후끈하다 못해 텁텁한 방을 둘러본다. 한쪽 벽에 설치된 두 개의 긴 선반에는 제목도 어려운 책이 빼곡히 진열되어 있다. 그 선반 아래 큰 책상이 있고 그 책상에는 모니터와 담배꽁초가 수북하게 꽂힌 콜라 캔이 놓여 있다.

쌓인 담배꽁초 옆에 고지서 뭉치를 내려놓았다. 세상모르고 자는 녀석을 보니 깨워야 하나 말아야 하나 고민된다. 순간 피로가 몰려와 들고 있던 커피를 한 모금 마셨다. 뜨겁던 커피가 식어가고 있었다.

인간 알람 역할을 하고 집으로 돌아와 아파트 1층에서 엘리베이터 버튼을 누르자 바로 문이 열렸다. 아까 내가 집을 나섰던 그 자리에 그대로 있었나 보다. 집에 들어서니 거실 가득 들어온 햇살에 기분이 조금 나아졌다. 베란다에 던져둔 수영가방에서 축축한 수영복을 꺼내 찬물에 담갔다. 수영장 특유의 락스 냄새에 잊고 있던 두통이 상기됐다. 수영을 시작한 지 6개월이 다 되어가는데 아직도 호흡이 자유롭지 못하다. 오전 내내 두통에 시달리지만 '물에 빠져도 내 몸 하나는 내가 건사해야지' 하는 일념으로 매일 아침 6시 반에 눈을 뜬다.

수영복을 널어두고 찐 고구마 한 입에 아몬드를 오독오독 씹으며 오늘 방문할 집과 수업 진도를 확인했다. 수업 준비를 해두고 안방으로 들어가 책상에 앉으면 점심때까지 내 세상이다. 어제 그리던 그림을 펼쳐서 이어갔다. 작업은 방 안에서만 이뤄진다. 되도록 혼자 감당할 수 있는 선을 넘지 않는다. 그러는 편이 누구에게 의지하지 않아도 되어 편했다.

"언제까지 습작만 할 거야?"

"세상으로 나가서 비평도 받고 좀 깨져봐야지!"

"대형 작업도 해봐~."

녀석은 치킨을 뜯다가도 커피를 마시다가도 답답하다는 듯 내게 말했다. 그런 말을 들을 때마다 내 목구멍은 좁아진다. 아무래도 나는 지금의 평안을 깨고 싶은 마음이 없는 것 같다.

녀석은 습작만 하는 나를 안타깝게 여겼고 나는 허울만 좋은 녀석을 측은하게 바라봤다. 우리는 어쩌면 자신의 꼬리를 먹는 뱀, '우로보로스'를 닮았는지도 모르겠다.

여기가 아닌 다른 세상을 꿈꾸며

곧 호수아파트 전세 계약이 만료된다. 어디론가 가긴 가야겠지? 내년에도 내후년에도, 그렇고 그런 날들이 이어지겠지. 남들처럼 때가 되어 결혼하고 당연하게 아이를 낳아 기르는 상상을 해보지만 어찌된 게 '잘 모르겠다'는 결론만 나온다. 그림 가르치는 일은 보람 있긴 해도 생계수단 너머 무엇이 보이지는 않는다. 모범생처럼 열심히 그리고 있지만 나침반 없이 모래사막을 걷다 지쳐가는 모양새다. 나는 도대체 뭘 어떻게 하겠다는 걸까?

어제와 다름없이 그림을 그리며 라디오를 켰다. 오늘의 초대 손님은 프랑스 유학길에 올랐다가 학업을 마치고 귀국

한 대중 음악가. 관심 밖의 초대 손님과 DJ의 대화는 캔버스에 붓을 휘적대는 중에 이따금 들릴 뿐이었다. 그러다가 다소 충격적인 얘기가 바쁘게 움직이던 내 손을 붙들어 세웠다. 온도가 매우 천천히 오르는 물속에 개구리를 넣으면 이 변온동물이 몸의 온도를 물에 맞추다가 물이 끓어오르는 줄도 모르고 서서히 죽어간다는 것이다. 세상에! 정말 그럴까?

초대 손님은 과거의 본인을 끓는 물속의 개구리에 빗댔다. 그래서 당시 모든 일을 멈추고 유학을 떠났다고. 괜히 방 온도가 서서히 오르는 기분에 창문을 열어 찬 공기를 방 안으로 들였다. 소매치기 사건부터 현지 음식을 능숙하게 요리하기까지, 낯선 장소가 주는 긴장과 신선한 충격을 전해 듣자니 좀 전까지 아늑했던 내 방이 목 늘어난 티셔츠처럼 느껴졌다. 그렇게 산뜻한 공기가 내 방을 훑는 동안 잊고 있던 사실이 떠올랐다.

베를린! 맞다. 베를린에서 살아보고 싶었지. 독일은 학비가 없거나 말도 안 되게 싸기로 유명했다. 독일 중에서도 수도 베를린은 생활비까지 저렴해서 돈 없는 청년과 예술인의 성지였다. 현재 전 세계 예술 흐름에서 중심을 차지한 베를린은 사람과 자본이 몰려 방 구하기도 하늘의 별따기라고 한다. 한 번쯤 나도 그 흐름에 몸을 담가보고 싶었다. 독일 유학 중인 선배와 친구의 소식을 들을 때면 마음이 더 움찔거렸다. 언젠가는 괜히 독일어 학원도 등록했었고 독일행 항공권을 알아본 적도 있다. 이후에도 독일행을 여러 번 결심했지만 혼자 쌓고 스스로 무너뜨리기를 반복하다 보니 더 이상 상심할 일을 만들지 않게 되었다. 그렇게 잊었던 독일이었다. 현재 내 상황을 둘러봤다. 마침 계약 만료를 앞둔 전셋집이 어서 떠나라고 부추기고 있다. 지금이 아니면 평생 가보지 못할 거라고.

그날 저녁, 녀석은 곱창볶음을 사들고 밤 9시가 넘어 우리 집에 들렀다.

"독일에 같이 가자."

포장용기 뚜껑을 여는 녀석에게 통보하듯 말하자 녀석이 머뭇댐 없이 대답했다.

"그래."

이 중대한 사안 앞에서 녀석은 한 치의 주저함도 놀람도 없었다. 내가 이 말을 해주길 기다렸나? 너무 당황해서 담담한 척하나? 녀석은 쉼 없이 곱창을 씹기만 했다. 그 모습이 어쩐지 여물 먹는 소 같다. 녀석도 나처럼 이곳 생활에 미련이 없어 보였다. 나는 곱창 사이에서 깻잎을 골라 입에 넣으며 독일행을 위한 다음 단계를 계획했다.

'결국 이렇게 부모님께 녀석을 소개하는 때가 오긴 오는구나.'

가장 먼저 전화로 엄마에게 이 소식을 전했다.

"뭐 하는 놈이야!"

"불한당 같은 놈하고 뭐? 짐 싸들고 어딜 간다고?"

예상했던 반응이다. 엄마는 대기업 사원이나 공무원이 아닌 불한당하고 이민 갈 거라는 말에 버럭버럭 화를 내셨다.

그 주 일요일, 녀석과 부모님 댁에 가기로 한 날이 되었다.

"떨리지. 잠은 잘 잤어?"

"나 오늘, 소금 한 바가지 뒤집어쓸 각오하고 왔어."

한라봉 한 상자를 들고 나타난 녀석은 이렇게 말하면서도 소년처럼 웃었다. 웃는 상이라 그런지 녀석은 연상의 여인들에게 인기가 좋다. 나는 아직도 녀석의 미소만 보면 마음이 녹는다. 아니나 다를까 불한당의 얼굴을 빤히 보던 엄마는 본능적으로 올라가는 입꼬리를 어쩌지 못했다. 그날, 잔칫상을 받아든 불한당은 배가 터지도록 먹어야 했다.

서로의 부모님께 인사를 드리고 양가 가족 다 같이 식사하는 걸로 독일행을 위한 가장 어려운 관문 하나를 넘었다. 부모님은 대대적인 결혼식은 아니더라도 사회적 약속은 하고 떠나길 바라셨다.

행운의 숫자가 두 번이나 들어간 7월 7일, 나는 녀석에게 화가 난 채로 법적 혼인 관계임을 신고하러 갔다. 이날이 행운의 날로 기억될지, 불운의 날로 기억될지 모르겠어서 마음이 오락가락했다. 내일모레 출국이라 준비가 급한데 사흘 전 춘천으로 송별회를 하러 간 녀석이 어제 늦은 오후에야 나타났기 때문이다. 전화를 해보면 받지 않거나 만취 상태였다. 혼인신고를 하루만 더 고민하고 싶다는 생각을 하면서 구청에 가서 서류를 작성하고 도장을 찍었다.

"크크큭. 혼인신고 하러 온 네 얼굴, 네가 봐야 하는데! 사진으로 찍어서 보여줄게! 여기 봐봐~, 크크크크크."

인상을 구길 대로 구기고 있는데 녀석은 이 아이러니한 상황에 웃음을 참지 못하고 핸드폰으로 기념사진을 찍었다.

구청에서 서류를 작성하다가 인상 쓴 얼굴로 녀석을 째려보는 장면, 이것이 내 결혼사진이 되었다.

스튜디오 촬영과 드레스 그리고 메이크업을 건너뛴 결혼식은 서류 한 장으로 간단히 끝났다. 결혼식에 들어갈 비용을 함께 지낼 독일 집 보증금으로 쓴다고 생각하면 생략한 결혼식이 전혀 아쉽지 않았다. 녀석과 그럴싸한 식사라도 했으면 좋았겠지만 그런 건 하나도 중요하지 않았다. 이틀 뒤면 우리는 독일에 가 있을 테니까! 서둘러 집으로 돌아와 짐을 싸면서 녀석에 대한 야속함도 잊었다. 떠난다는 사실 자체로 마냥 신났다.

새벽부터 긴장해서 그런지 탑승 수속을 마치니 노곤해졌다. 우리는 말없이 각자 생각에 잠겨 있었다. 그러다 녀석이 먼저 내 쪽으로 몸을 기울여 입을 열었다.

"네가 독일에 가자 했을 때 내가 왜 그렇게 쉽게 답했는지 생각해봤는데 말이야……."

녀석은 7년 동안 근무한 갤러리의 책상을 정리하며 눈물을 펑펑 쏟았다고 한다. 눈물의 이유가 월급에 매였던 지난날에 대한 안쓰러움인지, 본인에 대한 책망인지, 일에 대한 애증인지, 안전지대를 벗어나는 두려움인지 복잡하게 얽혀서 한마디로 정의하긴 어렵다 했다.

'어떤 기분일까?'

물이 끓어오르는 냄비 속 개구리가 밖으로 탈출할 때 겪는 급격한 체온변화를 상상해보았다.

낙원을 찾아서

사방에서 지린내가 스멀스멀 올라오는 어두운 지하로 내려가니 스프레이로 잔뜩 낙서한 벽이 보인다.

'여기가 독일의 수도, 베를린인가?'

커다란 캐리어 네 개를 양손으로 꽉 붙들고 녀석을 기다리는 내 모습이 생경하다. 이제는 녀석이 아니라 남편인데 남편이라는 호칭도 어색하기만 하다. 꿔다놓은 보릿자루처럼 서 있는 나를 향해 저 멀리서 남편이 달려온다.

"헉헉. 매표소가 없나 봐. 잔돈 바꾸려고 매점에서 껌 샀어."

"그런데 이제 이 표로 어떻게 해?"

발권기에서 어찌저찌 승차권을 사긴 샀는데 개찰구를 찾

을 수가 없었다. 여기 사람들은 시민의식이 높다더니 노상 방뇨는 해도 무임승차는 안 하나 보다. 지하철 안에서도 낯선 장면은 이어졌다. 형광연두색으로 염색한 스포츠머리에 같은 색 롱코트를 걸친 아가씨, 여기저기 페인트가 묻은 하얀 멜빵바지를 당당하게 입은 아저씨, 곳곳에 얌전히 앉아 있는 큰 개, 맥주병을 홀짝이는 양복 입은 신사, 문신과 피어싱으로 온몸을 장식한 금발의 미녀. 어디에 눈을 둬야 할지 몰라, 시선을 창밖으로 돌렸다. 스쳐 지나가는 강 위의 다리와 건축물에서 유럽의 정취를 느낄라 치면 도처에 널린 스프레이 낙서가 환상을 깨곤 했다. 중심가에 다다르니 퇴근하는 행색의 사람들이 우르르 올라탔다. 거기서 두 번을 더 갈아타고 낙서로 가득한 굴을 통과해 지상으로 나왔다. 이번 낙서는 꽤 그라피티다웠다.

"남편아~, 또 갈아타는 거야?"

"응, 거의 다 왔어. 이번에는 네가 타보고 싶다던 '트램'이야."

남편은 핸드폰으로 지도를 보며 정류장을 향해 큰 걸음으로 앞서갔다. 대형 캐리어를 양손에 들고 트램에 오를 생각에 걱정부터 됐는데 다행히 지면과 높이 차이가 없었다. 그러고 보니 캐리어를 끌고 여러 번 갈아타는 동안 한 번도 경계석 턱에 걸린 기억이 없다. 거리에 유모차와 휠체어가 많이 보인 것도 그런 덕분이었겠다.

유학원에서 일러준 주소로 찾아가니 한적한 대로변에 아파트형 건물 두 동이 보였다. 인구가 몰리는 베를린에서 빈집은 나오기만 해도 감사한 일이라 집의 위치나 형태를 고를 수는 없었다. 기껏해야 작은 원룸이겠지 하고 현관에 들어서는데 전면 큰 창으로 하늘이 가득 보였다. 거실을 중심으로 왼편은 화장실과 침실이고 오른편은 주방이다. 거실에 가서 발이 땅에 닿지 않는 높은 소파에 앉아보았다. 화면이 볼록한 TV와 오래된 장식장이 눈에 들어왔다.

"배고픈데 뭐 좀 먹으러 나갈까?"

집을 대충 훑어본 남편은 짐도 풀지 않고 벌써 나갈 준비를 했다. 맛있는 냄새를 따라 길을 건너니 모퉁이에 간이음식점이 보인다. 유리창 안에서 풍채 좋은 아저씨가 접시 닮은 빵 위에 얇게 저민 고기와 신선한 채소를 듬뿍 얹어 돌돌 말고 있었다.

"우와, 맛있다! 내 팔뚝만 해. 이게 3천 원쯤 되나?"

"진짜 싸다! 이거 먹고 장 보러 가자."

열 개들이 계란 한 판, 우유, 소시지, 치즈, 채소, 과일 등

대부분의 식료품이 대체로 천 원 안팎이었다. 생리대가 이렇게 쌀 수도 있는 건가? 한국에서 사 온 몇 달치 생리대가 무색했다. 의아할 정도로 낮은 선진국 물가에 고개를 갸우뚱하면서도 우리는 거침없이 카트를 채웠다. 집에 와서 맥주를 한 모금 들이켠 남편은 믿을 수 없는 가격과 깊은 맛에

감탄을 연발했다. 이어서 감자 칩 봉지를 뜯더니 더 큰 소리를 냈다.

"이것 봐, 안에 감자 칩이 꽉 차 있어."

어쩐지 봉지가 묵직하다 싶었다. 허식 없는 겉모습 그대로, 이것이 독일에 대한 첫인상이었다.

금요일 밤의 여유를 만끽하고자 거하게 삼겹살 파티를 하고 소파에 드러누웠다. 어학원 수업과 그날의 숙제로 하루하루가 빈틈없이 돌아갔지만 가족과 일과 친구로부터 완전히 분리된 일상은 단순했다. 갈등이 있다면 오직 둘만의 일인데 종일 붙어 다니며 수시로 조율하니 쌓아두고 터트릴 일이 없다.

"드디어 집에서 인터넷을 쓸 수 있게 됐어!"

남편은 숨통이 다 트인다며 노트북을 열었다. 인터넷을 신청하고 설치 기사님의 방문까지 무려 한 달이 걸렸다. 여기는 뭐든 한 달이 기본인지 은행계좌 개설하고 체크카드 비밀번호를 우편으로 받기까지도 한 달을 기다렸다. 기다리다 울화통이 터질 때면 집에 혼자 있는 꼬마의 마음을 상상했다. 우리의 숨통이 조금 늦게 트이는 동안 일찍 퇴근해서 아이와 놀고 저녁밥을 함께 먹는 가장을 떠올리면 견딜 만했다. 저녁이 있는 삶은 그냥 만들어지는 게 아니었다.

콧노래를 부르며 인터넷에 접속한 남편은 베를린 외곽지역의 '벼룩시장' 정보를 찾기 시작했다. 주말마다 벼룩시장에 다녔더니 가까운 곳은 뻔해졌단다. 물건을 제대로 만들어 오래 쓰고 쉽게 버리지 않는 독일인의 벼룩시장은 우리의 보물찾기 놀이터가 되었다. 남편은 주로 카메라렌즈 더미 앞을 서성인다. 그러다 마음에 드는 렌즈를 발견하면 로또 맞은 것처럼 두근거리는 마음을 애써 숨기고 흥정을 한다.

"이거 얼마예요?"

"고장 난 거 아니죠?"

"너무 비싸요."

"깎아주세요."

그러면 조금이라도 싸게 살 수 있다. 씀씀이가 헤픈 남편이라 벼룩시장에서 쓰는 돈은 하루에 5유로로 한정했다. 덕분에 남편의 시장 회화는 필사적으로 유창해졌다.

"이번에는 베를린에서 가장 크다는 호수 쪽으로 가볼까?"

"남동쪽 *끄트머리*? 뮈겔제(Müggelsee)? 여기서 너무 멀지 않아?"

남편의 제안에 핸드폰으로 지도를 열어본 나는 고민이 됐다. 이제는 벼룩시장을 주제로 아예 여행을 다닐 모양이다. '그래, 독일의 자연 풍경이 그렇게 멋지다는데 지금이 아니면 언제 가보겠어.'

흥미진진했던 주말 덕에 졸면서 어학원 수업을 겨우 마쳤다. 넋 놓고 바라본 칠판에 이따금 빛이 어지러이 흩어지는 호수가 펼쳐졌다. 끝이 보이지 않는 바다를 닮은 호수와 그것을 둘러싼 숲이 너무도 웅장해서 마치 쥐라기 시대로 돌아간 듯한 착각이 들었다. 떠나기 전에는 갈까 말까 고민하지만 다녀오면 역시 잘했다는 생각이 든다.

"터키시장 갈까?"

수업이 끝나자마자 남편이 내 옆구리를 쿡 찌르며 속삭였다. 강 건너 길거리에서 터키 상인들이 월요일마다 장을 크게 연다. 마트에서 보기 어려운 생선부터 잡화까지 없는 것이 없고 거리의 악사들을 구경하는 재미도 쏠쏠하다. 망고 다섯 개, 바나나 한 송이, 황도 일곱 개, 고구마 한 바구니가 각각 고작 천 원을 웃돈다. 도대체 물건을 어디에서 떼 오는 건지 어떻게 이 가격이 가능할까 싶게 싸다. 아무리 그렇다 해도 아직 풀지 못한 여독이 앞선 나는 또 고민이 된다. 어쩌지?

"그래, 가자!"

갈까 말까 할 땐 가는 거다.

나침반이 없는 우린 자주 길을 잃지

　드디어 '아트위크(art week)'가 시작됐다. 일주일간 이어질 각종 예술 관련 행사로 베를린 전체가 떠들썩한 분위기다. 남편은 정장재킷을, 나는 가죽재킷을 걸치고 140년 된 기차역으로 향했다. ABC(Art Berlin Contemporary)가 열리는 오늘, 각국 예술가와 관계자의 시선이 옛 기차역에 집중될 것이다. ABC는 아트위크 기간에 열리는 행사 가운데서도 규모가 가장 크다. 그곳에 내가 서 있다는 사실만으로도 괜히 마음이 들뜨고 부산했다.

　행사장으로 개조된 옛 기차역의 높고 광활한 실내는 치장 따위 관심 없다는 듯 시멘트와 철 골재가 시원하게 드러나 있다. 젊고 톡톡 튀는 신선한 작품들은 전시장에 '놓여 있다'

기보다 '풀어져 있다'는 표현이 어울렸다. 인근 갤러리에서도 크고 작은 행사가 그 주 내내 이어졌다. 각 갤러리에서 선보이는 최대치를 최대한 눈에 담느라 역대 급으로 정신없는 한 주를 보냈다.

예술이 어쨌건 간에 어학원의 쳇바퀴는 쉬지 않고 돌았고, 진도가 나갈수록 익혀야 할 단어가 복리로 쌓여갔다. 아트위크가 끝난 다음 주는 밀린 어학 공부와 그날그날의 숙제로 허덕이며 보냈다. 그 바람에 다시 꼼꼼히 보려고 챙겨 온 전시 관련 인쇄물은 단어장에 밀려 먼지만 쌓여갔다.

"식탁도 좁은데 이거 다른 데 둘까?"

"아…… 그거, 읽어봐야 하는데……."

죄책감을 대신 처리해주려는 남편의 말에 나는 인쇄물 뭉치를 장식장으로 옮겼다.

"궁금한 작품이 하나도 없었나 본데?"

"아냐, 당장 급한 거부터 하고 주말에 볼 거야!"

떠보듯 말하는 남편에게 나는 볼멘소리로 답했다. 다음 주도 그다음 주도 우선순위에서 밀려난 인쇄물 뭉치는 점점 장식장과 한 몸이 되어갔다.

오후에 걸쳐진 애매한 수업시간을 오전으로 당겨서, 시

간을 좀 아껴보면 나을까 싶었다. 어학 공부 외에 다른 데도 집중을 하려면 아무래도 뭉쳐진 시간이 필요했다. 수강등록 기간 첫날, 우리는 야심차게 사무실로 가서 검은 뿔테 안경을 쓴 직원 앞에 섰다. 한 올의 잔머리도 허용하지 않고 긴 머리를 뒤로 묶은 그녀에게 오전반으로 옮기겠다고 말하고 다음 과정 3개월 치 수업료를 지불했다.

새로운 수업이 시작된 날, 한껏 가다듬은 마음으로 9시에 맞춰 교실에 들어가 앉았다. 그런데 어찌된 일인지 출석부에 남편과 내 이름이 없었다. 이때까지만 해도 전혀 몰랐다. 이 사건이 절대 사소하게 끝나지 않을 것임을, 그리고 우리 인생의 방향을 크게 틀 것임을.

사무실로 내려가 검은 뿔테 안경 직원을 찾았다. 상황을 더듬더듬 설명하려는데 그녀는 내일 한가한 시간에 다시 오라며 우리를 돌려보냈다. 너무 올곧게 묶은 뒷머리를 보면서 말 한마디 못 보태고 사무실을 나왔다. 다음 날도 그다음 날도 우리는 사무실에서 서툰 독일어를 쥐어짜내느라 진땀을 흘렸고 직원은 등록 과정에서 어느 부분이 누락됐는지 모른다는 말만 되풀이했다. 두 명분의 3개월 치 수업료는 우리에게 큰 액수다. 오늘도 수확 없이 집으로 돌아갈 판이니 마음이 절로 헛헛해졌다. 우리는 어스름한 강가에 나란히 앉았다.

"추운 날씨도 아닌데 괜히 으슬으슬하네."

"이렇게 축축한 추위는 영혼을 시리게 하는 것 같아."

겨울 냄새를 발로 툭툭 차며 한국의 매서운 추위와는 다른 독일의 음산한 추위를 분석하고 있는데, 어느새 검어진 강물 위로 빗방울이 하나둘 떨어지기 시작했다.

갑자기 멈춘 쳇바퀴에 시간이 붕 떠버렸다. 이참에 동면이라도 하려는지 나는 연일 쏟아지는 잠을 주체하지 못했다. 남편은 그런 나를 끌고 베를린 중심부에 위치한 미술관부터 외곽의 작은 갤러리까지 전시 정보를 찾아 매일 밖으로 나갔다. 전시 일정이 없는 날이면 시민을 위한 무료 음악회에 가거나 서점, 공원, 동물원, 도서관으로 흥미를 찾아 움직였다.

"네가 공원 좋아하니까 오늘은 식물원에 가보자. 300년이나 됐다는데?"

항상 나를 염두에 두고 계획을 짜는 남편을 보며 '우리가 지금 독일에 와서 뭘 하고 있는 건가?' 싶었다. 어째서 독일에 와야 했더라? 그래, 미래가 그려지지 않아 답답했었지. 다른 가능성을 찾아 떠나지 않을 수 없었지. 떠나보면 알게

될 거라는데 무엇을 알게 된다는 건
지 궁금했었다. 이제 와 그 말 사
이에 '너를'을 넣어보았다. '떠나보면
너를 알게 될 거야.'

어학원 환불 문제는 한 달 만에
겨우 마무리되었다. 처음에 등
록을 도와줬던 유학원에서 몇
번 찾아가서 큰소리를 냈다 하고, 급기야는 결국 이 어학원
과 협업 관계를 끊기로 했다니 쉽게 해결되지 않았던 모양
이다.

"이런 경우가 정말 흔치 않은데 여기도 사람 사는 곳이
라……."

독일 생활 10년이 넘었다는 유학원 실장은 어쩔 수 없는
외국인의 한계를 에둘러 말했다. 이제 다른 어학원에 등록
해야 하는데, 다시 어학원 쳇바퀴에 뛰어들자니 주저됐다.

"우리 한 달만 더 놀까?"

별 생각 없이 던진 내 말에 남편은 신나서 바로 지도를 펼
쳤다.

버스와 기차를 타고 남쪽으로 세 시간 남짓 달렸을까. 베

를린을 벗어난 이곳은 천여 개의 암석 봉우리로 이뤄진 산악지대, 바스타이(Bastei) 국립공원. 하늘을 향해 서서 잠든 거인의 어깨를 아슬아슬하게 타고 가다가 이따금 아래를 내려다보면 장난감 같은 마을도 보이고 휘돌아가는 강도 보였다. 우두머리 거인의 정수리에 모자처럼 얹힌 레스토랑에서 우리는 처음으로 외식다운 외식을 했다. 이어서 인근 도시 드레스덴에서 체코 프라하로 갔다가 독일 남부 뮌헨을 거쳐 독일 알프스의 최고봉 추크슈피체(Zugspitze)에 올랐다.

"세상에! 신의 눈으로 보는 것 같아!"

신의 콧잔등에서 내려다본 마을은 하나의 점 같았다. 점 위에 머물렀던 구름이 내 몸 전체를 훑고 지나갔다가 다시 몰려오곤 했다. 지평선 저 너머까지 이어지는 봉우리마다 쌓인 만년설에 내 눈이 다 멀 것 같았다.

며칠 뒤 이른 아침, 혼자 산책을 나섰다가 격앙된 마음으로 호텔로 돌아왔다.

"나 방금 스위스에 다녀왔어."

이제 막 침대에서 일어난 남편이 내 말에 어리둥절해했다. 독일 남부의 휴양지 콘스탄츠에서는 몇 걸음만 걸어 나가면 스위스다. 내 발로 국경을 넘는 묘한 경험을 하고 나니 더 먼 곳으로 가보고 싶어졌다. 마음속으로 북유럽의 오로

라를 상상하며 남편에게 말했다.

"다음 여행은 비행기 타고 멀리 가볼까?"

"멀리? 음. 멀리…… 멀리. 멀리 좋지."

나보다 더 신나서 지도를 펼쳐야 할 남편이 어째 평소와는 영 다르게 미적지근한 반응을 보였다.

떠나보면 알 거야, 나를

"보여줄 게 있어. 일단 나가자."

자다 일어난 차림에 점퍼만 걸친 남편이 의미심장하게 앞장섰다. '노트북은 왜 챙긴 거지? 혹시, 이미 여행 계획을 세워둔 건가?' 하고 헛물을 켜는데 호텔 뒤편의 주택가를 가리키며 남편이 말했다.

"저기 집 짓는 데 보여?"

드문드문한 집들 사이에 미완성인 사각형이 보였다. 집 짓는 장면은 베를린에서도 종종 봤으니 그리 새로울 것 없었다. 그 앞에서 걸음이 느려지는 남편도 익숙하다. 남편은 홀린 듯 집 짓는 쪽으로 걸어갔고 나는 이 집 저 집 정원을 넘어다보며 그 뒤를 따랐다. 남편이 멈춰 선 집 짓는 현장으로 시선을 옮기니 이제 막 일을 시작한 아저씨가 상체만 한 벽돌을 혼자 들어 올리고 있다. 자잘한 기포 구멍으로 채워진 석고 같았다. 그 모습에서 한동안 눈을 못 떼던 남편이 조용히 입을 열었다.

"나도 저거 하고 싶어."

아침 식사는 어제 갔던 빵집에서 해결하기로 했다. 밀 어쩌겠다는 건가 싶어서, 묵직하고 시큼한 빵을 크게 한입 베어 물며 노트북 너머의 남편을 살폈다.

"이거 한번 볼래?"

남편이 내 쪽으로 돌린 노트북에는 아까 그 벽돌로 혼자서 집을 지은 사람들의 이야기가 펼쳐져 있었다.

"고등학교 2학년 때였나? 방학 때 미술학원 선생님 도와서 집 짓기를 했었거든, 그때 재미있던 게 자꾸 생각나."

아직 노트북 화면에서 눈을 떼지도 않았는데 남편이 말을 이었다. 레고 쌓듯 집을 짓다가 차 한잔 마시며 자분자분 일하는 독일의 건축 현장을 보면 저렇게 한가하게 일해도 되나, 의아하면서도 부럽다고 했다. 그리고 마음속 저 깊은 곳에서 꿈틀거리는 뭔가가 그에게 질문을 던진다고 한다.

'저 여유가 부럽다. 여유로운 삶은 여기에만 있는 걸까?

한국에서는 가질 수 없는 걸까?'

이곳에 자리 잡기 위해 고군분투하는 각국의 이민자들을 보며 남편은 미국에서 세탁소를 하시는 고모와 큰아버지 이야기를 하곤 했다. 병원 치료를 위해 매년 한국에 들어오실 때마다 새로 맞춘 안경과 고춧가루, 멸치, 깨, 버섯, 미역, 김 등을 캐리어가방 가득 챙기셨는데, 어린 그의 눈에 그런 모습이 그리 좋아 보이지는 않았다고 한다. 그리고 성인이 되어서는 '한국에서 세탁소를 하는 것보다 거기서 하는 게 나은 건 뭘까? 그곳에서는 행복하실까?' 하는 의문이 들었단다.

베를린에서 처음 한인 마트를 갔을 때 주인아저씨는 여기서 정보도 얻고 편하게 지내려면 한인 교회에 나가야 한다고 조언하셨다. 그렇지만 가장 조심해야 할 상대 또한 한국인임을 명심하라는 말도 덧붙이셨다. 한국을 어렵게 벗어난 사람들이 만든 또 다른 한국, 종교에 대한 믿음조차 없는 내가 그 안에 들어가야 하나 어쩌나 생각하는 것 자체가 혼란스럽고 아이러니했다.

마땅히 그래야 한다는 관념, 부모와 사회가 정한 옳음과 기대를 내려놓고, 아는 사람 하나 없는 곳에서 아무것도 아닌 텅 빈 몸이 되어서야 남편은 자기 자신으로 가득 채워졌다. 생각해보면 독일행은 예술학교에 가고 싶은 나의 의지였기에 이곳이 그에게 어떤 의미인지, 1년여 지내보니 어떤지, 또 2년의 어학 공부를 마치면 어떻게 하고 싶은지 이따금 남편의 생각이 궁금하기도 했다.

"좋은 나라에 살아보니 잘 사는 게 뭐고 어떻게 살면 행복한지 알 것 같아. 그걸 우리나라에서 해보고 싶어."

"그럼, 한국에 가서 벽돌집 지어줄 거야?"

남편의 진취적인 모습에 앞뒤 재지도 않고 바로 설득됐다. 독일에서 찾은 삶의 방향, 그것을 '혼자 집 짓기'로 시작하겠다 하니 참 뚱딴지같은 말이었다. 그런데 너무 엉뚱해서 오히려 납득이 갔다면 누가 이해할까?

남편이 말한 모든 것이 과연 가능할까 싶으면서도 마치 특수임무를 부여받은 듯 도전의식이 솟구쳤다. 사실 나 역시 이곳에 낙원이 있으리라는 기대는 진작 내려놨던 건지도 모른다. 바스타이 기암괴석에 자리한 레스토랑에서 안 하던 외식을 한 뒤로 전처럼 돈을 아끼지 않았으니 말이다. 그렇다고 귀국을 고려한 건 아니었는데, 남편이 한국으로 돌아가고자 하는 속내를 비치니 바로 고개를 끄덕여버렸다. 마치 울음을 터뜨릴 준비를 하고 있었던 것처럼.

며칠 뒤 아침 6시, 베를린 우리 집을 나와 서둘러 길을 나섰다. 남편은 큰 보따리를, 나는 옷걸이와 이동식 행거를 메고 트램을 탔다. 공터에 도착하니 녹색 파라솔을 쓴 2단짜리 가판대 수십 개가 펼쳐져 있다. 먼저 도착한 몇 팀이 모여 이야기보따리를 풀고 있었고 우리는 입구 쪽 가판대로 가서 짐 보따리를 풀었다. 판매할 옷과 각종 주방도구 그리고 학용품에 가격표를 써 붙이고 있는데 구경꾼들이 슬슬 입장하기 시작했다. 유일한 동양인의 가판대는 얼마 지나지 않아 사람들로 북적북적해졌다. 공짜나 다름없는 가격에 물건도 다양하니 나라도 저 틈에 끼고 싶겠다.

"왜 이리 싼가요? 어느 나라 사람이죠?"

독일인 아주머니가 한국 고무장갑에 감탄하며 물었다. 내일모레 이곳을 떠날 계획이라는 말에 아주머니는 다정한 눈빛으로 행운을 빌어주셨다. 반면 더 깎으려는 터키인 아저씨도 있었는데 그 모습에 남편이 겹쳐 보여서 반값에 드릴 수밖에 없었다. 마지막이라는 마음으로 장사를 했더니 남편이 신던 운동화 빼고는 다 팔렸다. 어느 때보다 많은 사람을 만나 웃고 떠들며 그렇게 베를린 생활을 정리했다.

버스를 타고 체코 프라하로 넘어왔다. 프라하에서 인천공항으로 출발하는 항공편은 직항인 데다가 베를린에서 출발

할 때보다 훨씬 저렴하고 비행시간도 짧다. 그런데 특가 항공권 날짜가 베를린 집을 빼는 날 닷새 뒤였다. 떠나자니 아쉽던 차라 프라하에서 여행을 하고 귀국하기로 했다.

"한국에 가면 제일 먼저 짬뽕 먹을 거야."

"나는 짜장면하고 탕수육!"

숙소에 짐을 풀고 먹을 것 얘기를 하며 거리로 나왔다. 수공예품이 즐비한 골목을 지나 인파에 몸을 맡기니 어느새 카를교 앞이다. 난간 위 양쪽으로 늘어선 동상 아래에서 트롬본, 기타, 클라리넷, 튜바, 타악기의 합주가 한창이었고 연주를 배경으로 꼭두각시 인형이 춤을 췄다. 다리 위에서 펼쳐지는 향연에 흠뻑 취해 건너편 언덕 위를 올려다보니 저기 저 프라하 성을 보는 것만으로도 디즈니 만화 속 공주님이 된 기분이다. 마침 성을 그리고 있는 화가가 내 시선을 붙잡았다.

'나는 공주님을 꿈꿨던가? 내 앞의 무엇이 아니라 그림 그리는 내 모습을 그린 건 아니었나? 그림으로 할 말이 있긴 했던가? 내 꿈에 나를 가둔 건 아니었나?'

떠나지 않았다면 몰랐을 나. 그리고 가보지 않았더라면 떨쳐내지 못했을 미련이다. 예술을 향한 갈망이 뱀 허물처럼 한 꺼풀 벗겨졌다. 남편이 7년간 근무했던 곳의 책상을 정리할 때 쏟았다는 그 눈물의 의미를 이제 알 것도 같다.

"나 여기 있어! 우리, 저리로 가보자."

앞서간 남편이 다리 끝에서 손짓한다. 남편을 향해 달려갔다. 벗어놓은 허물은 카를교에 두고서.

3장

내 손으로
집을 짓는 모험

도르래로 간신히 창호를 들어 올려 헹뎅그렁하던 구멍에 끼워 넣고

우레탄폼으로 빈틈없이 테두리를 마감하니

드디어 완전한 실내가 됐다.

거실 창을 닫자 경운기 진동이 끊기고 바람이 멈추는데

바깥과 분리된 아늑함이 어찌나 감격스럽던지,

우리를 향한 평가와 우려와 습기와 벌레로부터 잠시 해방감을 느꼈다.

아니, 필요에 따라 여닫을 수 있는 자유를 느꼈다.

사과 한 알과 초코파이 한 상자의 동상이몽

귀국하자마자 중고차를 사서 바로 남해로 내려갔다. 어머니는 다음 날 출발하라고 말렸지만 어서 빨리 내 집을 갖고 싶어 하루도 지체할 수 없었다. 급히 먹는 밥은 체하기 마련이거늘, 아무것도 모르는 초짜 둘은 억수로 쏟아지는 장대비를 뚫고 여덟 시간을 운전해서 밤늦게 목적지에 도착했다.

귀국 전, 베를린에서 남편은 확신에 차 주장했다.

"2천 500만 원이면 돼!"

"뭐? 땅은 500만 원이면 사고 집은 2천만 원이면 짓는다고?"

대차게 비웃자 남편은 노트북 화면을 들이밀며 증거를 댔다. '어? 정말이네?' 해남에 사는 70대 노부부는 더덕밭 딸린 시골집을 500만 원에 샀다 했고 제주도에 사는 어떤 청년은 2천만 원에 방 두 개짜리 집을 지었다 했다. 정녕 이사 걱정 없는 내 땅, 내 집이 생기는 건가? 숫자부터가 손을 뻗으면 닿을 것 같았다.

집 짓기를 검색해보니 앞서간 많은 이들이 그 과정을 세세하게 공유했고 그들 덕에 남편의 계획은 더없이 완벽해 보였다. 난방비가 적게 든다는 남쪽, 그중에서도 땅값이 저렴한 해남을 고려했지만 어머니 지인의 연고로 '남해'가 귀촌의 시작점이 됐다.

'혹하는 마음과 덕을 보려는 마음은 독이고 쥐약이다.'

법륜 스님의 말씀이 떠오른다. 아무것도 얽매이지 않는 상태에서 우리가 얼마나 홀가분했었는지, 그걸 베를린에서 몸소 배워놓고는 빈집을 공짜로 빌려주신다는 데 귀가 솔깃해져서 그만 새카맣게 잊어버렸다.

대책 없이 서두르던 중에도 귀촌에 관한 책을 찾아보는 등 초짜들의 각오는 대단했다. 첫째, 마을회관에 가서 음식 돌리기. 둘째, 마주치는 어르신마다 깍듯이 인사하기. 셋째, 일손 돕기.

'귀촌 별거 없네!'를 외치며 슈퍼에서 막걸리, 간식거리, 과일을 박스로 사서 마을회관으로 갔다. 어르신들은 사들고 간 음식보다도 누구네 조카라는 한마디에 혈연 이상으로 대해주셨다. 순조로운 시작은 순전히 연고 덕이었는데 앞으로 모든 일이 다 잘 풀릴 신호탄쯤으로 착각했다.

"어디를 먼저 갈까?"

그날 오후에는 인터넷으로 물색해둔 땅 네 군데를 직접 보러 갔다.

"애걔, 땅이 너무 작은 데다 음산해."

"집이 길에서 너무 멀어. 주차하고 100미터 달리기 해야겠어."

"으악! 굴삭기가 바로 뒷산을 깎고 있잖아! 산사태 나겠는데?"

"헉! 대문 열면 차가 쌩쌩 지나는 해안도로? 죽지 않으면 다행 아니야??"

좋은 땅이 뭔지 모르겠지만 싫은 건 분명했다. 가파른 언덕에 쓰러져가는 작은 집이 4천만 원이나 한다니……. 생각과 현실은 많이 달랐다.

하루아침에 마음에 드는 땅이 나타날 리 만무하거늘 하루도 빠짐없이 땅 찾기에 집중했더니 몸과 마음이 금세 지쳐버렸다. 급기야 일말의 가능성을 찾아 부동산 문을 두드리기도 했다.

"집 지을 땅을 찾고 있는데요. 차가 들어가야 하고 너무 작지 않으면서 저렴한 땅 있을까요?"

"얼마 생각하고 오셨는데? 뭐 하는 사람들이오? 미술? 그러면 내 알려줄게, 잘 들어봐요. 대출해서 값어치 있는 땅 사다가 그럴싸~하게 지어. 예술가가 하는 카페다 하면 사람들이 우르르 몰릴 거야, 그럼 대출 금방 갚을 건데. 그렇게 한번 해보지?"

서울 촌놈들은 남해가 관광지로 이름 높다는 걸 이제야 알았다. 섬 전체가 관광지인 곳에서 누구나 원할 만한 땅을 싼값에 사겠다고 찾고 있었다니. 그것도 부동산에서.

귀촌지원센터에 문의했을 땐 깊은 산골짜기 고사리밭을 보여주기도 했다. 그렇게 상심한 하루를 보내고 나면 습관처럼 마을 앞바다에 들러 굴을 캐먹곤 했다. 기분은 별로라도 달고 짭짤한 굴 맛은 최고였다. 바위에 붙은 굴 껍데기를 돌로 깨면 어김없이 하나씩 있는 굴, 그걸 꺼내서 입에 넣는 작고 확실한 성공에 위안받으며 희망을 이어갔다.

팽팽하던 풍선에서 바람이 빠지는 중에도 싹싹한 젊은이가 되려는 노력은 계속됐다. 어느 날은 파란 대문 집 아저씨가 혼자 베란다 확장 공사를 하고 계시기에 남편이 대뜸 가서 벽돌을 옮겨드렸다. 아저씨는 손발 척척 맞추는 남편을 기특해하셨고 땀 냄새 속에서 그렇게 사나이들의 우정은 깊어갔다. 며칠 만에 남편에게 마음이 활짝 열린 아저씨는 급기야 노는 땅을 줄 테니 마음대로 써보라고 하셨다. 신이 나서 남편이 이 소식을 전했을 때 나는 다리 뻗을 자리라도 생긴 것처럼 눈물이 핑 돌았다.

"다녀올게. 오늘은 거의 마무리 단계야."

다음 날도 남편은 아저씨를 도와드리러 나갔다. 그런데 어깨 펴고 나갔던 사람이 점심때도 안 돼 어두운 얼굴로 돌아왔다. 갔더니 집안 분위기가 싸하고 아저씨는 멋쩍어하시더란다. 어제의 그 호의는 아주머니와 합의되지 않은 아저씨 혼자만의 결정이었다.

싹싹한 젊은이 행세도 땅 찾기도 한 달째, 웃으며 허리를 90도로 숙여가며 인사할 마음이 나지 않아 집 밖으로 나가기 싫은 날도 있었다. 피곤이 누적되는 가운데 줄어드는 통장 잔고를 확인할 때면 피로가 극에 달했다.

"뭐 했다고 돈을 이렇게 많이 썼지? 지출 내역 좀 봐봐."

"쓸 데 썼겠지. 장이나 보러 가자."

남편이 돈 관리에 무심한 거야 하루 이틀도 아닌데 물가 높은 동네 슈퍼만 가면 신경이 예민해졌다. 땅 살 돈을 생활비로 다 써버릴 것 같아 사과 하나를 집어 들지 못하는 나와 달리 남편은 초코파이 상자를 망설임 없이 계산대에 올려놨다.

"역시 원조 초코파이가 제대로지! 아류가 싸긴 한데 이 맛을 못 따라온다니까."

그날도 한마디 하려다가 참고 집에 와서 저녁밥을 차렸다. 밥은 먹는 둥 마는 둥하고 신경질적으로 설거지를 하는데 다 헹군 그릇 위로 눈물이 뚝뚝 떨어졌다. 싱크대에 서서 훌쩍거리니 초코파이를 먹던 남편이 놀라서 달려왔다.

"왜 그래? 무슨 일이야? 어디 아파?"

"초코파이 맛있냐? 나는 사과도 못 사 먹겠는데 너는 뭐야! 2천만 원이면 집 짓는다며!"

가망이 보이지 않는 땅 찾기와 주민에게 잘 보이려는 노력과 빌린 집에 사는 처지와 사과도 못 사 먹는 형편을 곱씹으니 마음이 아수라장이 됐다. 남편이 달래면 달랠수록 서러움이 증폭돼 펑펑 울었다.

"너도 동의한 거 아니었어? 누가 시켜서 한 거야? 내가 뭘 잘못했는데?"

작정하고 우는 사람을 어찌하지 못한 남편은 문을 쾅 닫고 밖으로 나가버렸다. 바닥에 놓인 초코파이를 보면서 나는 더욱더 목 놓아 울었다.

피하지 않고 앞을 바라보며 천천히

"일자리부터 알아볼게."

남편은 불안해하는 나를 위해 땅 대신 일 먼저 구하기로 했다. 남편은 농업에 미래가 있다고 늘 말해왔고 독일에서도 치즈나 버섯처럼 미생물이 만들어내는 먹을거리에 관심이 많았다. 농업이라면 그 분야에서 일하고 싶어 했다. 구직 사이트에서 치즈나 버섯농장으로 검색을 하니 마침 버섯농장 한 곳이 구인 중이었다. 우연인지 운명인지 그곳은 우리가 처음에 가려 했던 해남에 위치해 있었다.

농장 대표에게 연락해보니 당장 이력서 들고 올 수 있느냐고 했다. 마음의 준비는 생략하고 일단 출발해야 했다. 해남의 동네 문방구에서 이력서 용지를 산 후 근처 아파트 놀이터 정자에 앉아 공란을 채워가던 남편은 적을 거라고는 갤러리 큐레이터뿐인 경력에 헛웃음을 터뜨렸다. 그렇게 걱정과 설렘을 안고 버섯농장에 들어섰다. 외딴 마을 깊숙이 자리한 그곳은 농장이라기보다 대규모 공장에 가까웠고 직원 대부분은 외국인 노동자였다.

"일이 많이 힘들 건데 버틸 수 있겠어? 오래 못 할 것 같은데……."

대표님은 미심쩍은 눈으로 이력서와 남편을 번갈아 살폈다. 남편은 한 직장에 오래 근무한 성실성을 강조하며 강한 의지를 내비쳤고 그 덕에 채용될 수 있었다.

이제 집을 구할 차례. 대표님 소개로 이장님을 찾아가니 마을 내 빈집 여러 곳을 보여주셨다. 그런데 세상에, 보여주는 집마다 입이 떡 벌어졌다. 좋아서가 아니라 어이가 없어서. 화장실 천장이 아예 없거나 거실에 낙엽이 잔뜩 쌓여 있는 등 대부분 당장 들어가 살 만한 상태가 아니었다. 대규모 국책 개발사업이 예정되어 있던 마을은 새로운 이주자는 생각지도 않았기 때문에 대부분 방치된 상태였다. 그중 그나마 급한 수리가 필요 없어 보이는 집을 월세 10만 원에 빌리기로 했다. 어느 집 뒤편으로 이어진 집인데 돌아 들어가는 입구부터가 어둡고 음습했다.

우리는 집을 짓겠다고 귀국했고 귀촌했다. 내게 집은 작업실이자 일터 그리고 카페, 식당, 독서실, 영화관, 식물원이다. 내가 좋아하는 것으로 가득한 내 집은 재산이나 물리적 공간을 넘어 정서라고 할 수 있다. 그런 내 생활방식에 맞춰 공간을 설계하고 짓는다는 건 보통 신나는 일이 아니었다. 그런데 그 계획에서 멀어도 너무 멀어지고 있었다.

"대표님이 부르시네. 가봐야 할 것 같아."

전화를 받은 남편은 버섯농장으로 돌아갔고 난리 통에 몸만 빠져나간 것처럼 엉망인 집을 혼자 치워야 했다. 발로 쓰레기를 밀면서 집 안으로 들어가니 엎어져 있는 주황색 3인용 소파와 활짝 열린 고동색 서랍장과 장롱이 보였다. 이걸 다 어떻게 버려야 할지 어디서부터 청소해야 할지 한숨이 나왔다. 먼저 락스로 화장실 곰팡이를 지운 뒤 싱크대 물건을 다 들어냈다. 고난도 청소를 해치운 성취감에 냉장고까지 벌컥 열었다가 "아악!" 비명을 지르며 주저앉아버렸다. 부패한 뭔가가 보였다. 새어나온 냄새와 쿵쾅거리는 내 심장소리가 집 안 가득했고 창밖은 순식간에 어둑해졌다. 저녁시간 넘어 돌아온 남편은 정돈된 집을 보고는 표정이 굳었다.

"여기는 안 되겠어. 다른 집 알아보자."

"응? 기껏 청소 다 했는데 무슨 말이야."

개발 예정인 마을에 행여 우리가 '알 박기'라도 할까 봐 까다롭고 난처한 조건의 계약서를 강요한 집주인에게 마음 상했고, 농장 옆에 살면 문제가 생겼을 때 밤낮 가리지 않고 달려가야 하며, 고립된 마을이라 젊은 여자 혼자 있으면 외간 남자가 벽 뚫고도 들어온다는 소문 등 내키지 않는 이유가 많았다. 그에 비하니 냉장고는 별문제도 아니었다. 당장 어디에 살아야 할지, 한숨이 또 보태졌다.

당장 그날은 대표님의 배려로 농장 숙소에서 보내기로 했다. 컨테이너 세 개가 수직으로 쌓인 맨 꼭대기 층을 가파른 철 계단을 통해 올라가야 했는데 하루 동안 여러 번 넋이 나갔던 터라 계단을 한 발 한 발 내디딜 때마다 다리가 휘청휘청했다. 대강 흙먼지만 쓸어내고 몸을 눕히니 벽에 서툰 한국어와 외국어 낙서가 보였다. 잠들지 못한 타국인의 밤과 집 없는 나의 밤이 뒤엉켜 눈물이 왈칵 쏟아졌다. 그 상황 자체가 아니라 감정에 매몰돼 이성적으로 판단하지 못한 어리석음이 안타까웠다. 그만한 시련에 무너졌던 건 그간 실패 없는 삶을 살았고 그건 모험해본 적, 문제를 해결해본 적 없다는 증거이기도 했다.

"조금 멀어도 다른 곳 알아보자."

다음 날 인근 도회지로 나갔다. 내가 시름에 빠져 잠든 사이 남편은 해결책을 고안해낸 것이다. 그 지역은 조선업을 주축으로 조성된 아파트촌이었는데 당시 조선업이 침체된 상황이라 공실이 많았다. 20평 신축 아파트를 보증금 2천만 원에 월세 17만 원으로 구하면서 망망대해 폭풍우에 난파된 재앙이 맑은 하늘 아래 산책길로 귀결됐다.

도시와 닮은 환경에서 전처럼 규칙적으로 생활하며 안정을 찾아갔다. 달콤한 낮잠과 남편을 배웅하는 평범한 주부의 일상이 행복한 것도 같았다.

"오늘도 수고해. 잘 다녀와."

"도시락 고마워. 잘 먹을게."

남편도 전처럼 출퇴근하면서 일한 뒤 누리는 소비의 행복을 만끽했다. 치킨 배달원의 초인종 소리에 생기가 돌고 일요일이면 목포로 나가 쇼핑을 즐겼다. 다른 점이라면 주된 업무가 육체노동이다 보니 퇴근하자마자 거실에 대자로 뻗는 거였다. 남편은 매일같이 하루가 얼마나 힘들고 위험했는지 모험담을 늘어놨고 그 가운데는 군데군데 외국인 동료와의 일화와 능숙한 일처리로 대표님의 신임을 얻은 이야기도 섞여 있었다.

·
122

그렇게 새로운 일에 잘 적응한 것 같다가도
가끔은 천장만 멍하니 바라보는 날도 있었다.
그런 날은 정신적으로 힘들었나 보다
짐작할 뿐이다. 전에 했던 큐레이
터 업무와 너무 달라 그랬을까?
겹겹의 자존심을 하나씩 내려놓는 나날이었으리라.

그날도 아파트 상가에서 수영을 한 뒤 마트에 들러 장을
봤다. 늘 그랬듯 책 읽어주는 팟캐스트를 벗 삼아 집으로 향
하다가 알랭드 보통의《불안》편에서 걸음이 멈춰졌다.

"평등, 기대, 선망…… 그것은 우리와 같다고 여겨지는 사
람들(준거집단)의 조건과 우리의 조건을 비교하여 결정된다.
(…) 경솔하게 동창회에 나갔다가 옛 친구 몇 명이 아주 매력
적인 일에서 나오는 수입으로 우리 집보다 더 큰 집에 살고
있다는 사실을 알게 된다면, 집으로 돌아오는 길에 나는 왜
이리 불행하냐는 생각에 시달려 정신을 못 차리기 십상일
것이다. 우리가 동등하다고 여기는 사람들이 우리보다 나은
모습을 보일 때 받는 그 느낌, 그것이야말로 불안과 울화의
원천이다."

다들 그렇구나. 우리도 흔들리지 않기 위해 귀국 후 구태

여 지인들에게 연락하지 않은 거였지.

'내가 왜 그랬더라? 우리가 하려던 게 뭐였지? 우리는 지금 어디 있는 걸까?' 하루에도 여러 번 질문이 찾아왔고, 그럴 때면 어김없이 허방을 딛는 것처럼 불안이 가득 찼다. 그때 우리는 내 의지와 상관없이 어쩌다 맺어진 친구, 직업, 집 등 과거의 모든 것을 끊고 우리 의지대로 바꿔나가는 과도기 어디쯤에 멈춰 있었다. 혼란스럽고 불투명한 시기 말이다.

내가 정한 행복에 도달하기 위해서는 우선 세상이 말하는 성공의 기준으로부터 떨어져 나와야 했다. 그런데 보통의 인간은 비교로부터 의연하기가 쉽지 않은 모양이다. 이 지역 주부들의 인터넷 커뮤니티를 둘러보다가 목포에 사는 새댁들은 광주를 흠모한다는 느낌을 받았다. 광주에 사는 젊은이들은 서울을 동경한다는 것도 알게 됐다. 서울에 살던 나도 다를 건 없었다. 결국 꿈에 그리던 독일로 갔으니까. 독일까지 가보고 다시 찾은 이상향이 목포보다 작은 시골이라니, 행복의 끝은 어디일까? 있기는 할까? 내가 정한 행복에 도달하고 싶어졌다.

"다시 집 지을 땅을 찾아보자. 이번에는 여행하듯 즐기면 천천히."

이 집이 네 집이냐

　남편이 출근하면 나는 집 지을 땅을 찾아 인터넷 부동산과 시골집 커뮤니티를 샅샅이 뒤졌다. 그렇게 모아둔 정보를 선별해서 일요일이면 남편과 직접 눈으로 확인하러 다녔다. 해남의 대표 산인 두륜산 남서쪽으로 탐방 갔던 날이다. 처음으로 들른 곳은 곧바로 집을 지을 수 있도록 정리해놓은 네모반듯한 땅인데 딱 집 크기만 했다. 집 짓는 데 무난하고 부족할 것 없어 보였지만 결혼정보회사에서 맺어준 이상적인 신랑감 같아서 매력이 없었다. 결정적으로 사면이 이웃집과 붙어 있는 데다 마을회관 바로 옆이라 모든 일에 적극 참여해야 할 것 같은 부담이 느껴졌다. 그다음 보러 간 땅은 산골마을 옆 임야였다.

"한 평에 7천 원? 임야라……, 가보기나 하고 고민하자."

해남의 농가주택으로 제한하고 보니 선택지가 너무 적어서 임야, 농지로 범위를 넓혀보기도 했다. 지목이 대지여야만 집을 지을 수 있기 때문에, 대지가 아닌 땅은 형질 변경을 해야 하고 더불어 수도, 전기 같은 기반시설도 직접 해야 한다. 거기에 토목까지 한다면 바보 온달을 장군으로 만드는 수준의 품이 들 것이다. 그것도 그렇고 평당 가격이 아무리 낮다 해도 임야는 평수가 너무 넓어서 엄두를 못 냈는데 여기는 낮은 언덕 귀퉁이였다.

핸들을 돌릴 때마다 좌로 우로 쏟아지는 몸무게에 저항하며 굽은 숲길을 한참 달렸다. 마을이 있긴 한지 의심스러워질 즈음 아름드리 느티나무가 보였다. 400년 수령의 보호수가 몇 대에 걸쳐 문제없이 살아온 안전지대라는 걸 증명했다. 풍수지리를 잘은 몰라도 마을을 둘러싼 산이 주는 안도가 절로 걸음을 느리게 했다. 정적을 깨는 개천의 물소리와 고택의 양호한 보존 상태를 보니 물이 많으면서도 습하지 않고 바람이 잘 통하는 것 같았다. 가구 수가 많지 않은데도 깊은 산골마을 앞까지 이차선 도로가 나 있는 게 의아했는데 알고 보니 이곳은 두륜산 숲길 코스 중 하나였다.

이 마을의 빈집을 보러 온 거면 좋았겠지만 아쉽게도 우리가 보러 온 매물은 마을 밖에 있었다. 옆길로 올라가니 지도에 표시한 그 땅이 나왔다. 그런데 아뿔싸! 폭이 긴 밭 하나를 두고 길이 없는 맹지였다. 사람과 차가 드나들지 못하는 건 우리 선에서는 어떻게 해결이 안 되는 일이라 미련 없이 마음을 접었다.

마지막으로 두륜산과 달마산 중간에 자리한 빈집을 보러 갔다. 인가와 적당히 떨어져 있는 데다가 가격과 평수가 우리 사정과 맞아 기대를 걸어볼 만했다. 달마로에서 매화길로 들어서니 빨간 대문 사이로 묘한 분위기를 풍기는 집 두 채가 보였다. 숲으로 둘러싸인 마당의 절반은 계단으로 반층 올라가는 지형이었고 집 한 채는 그 위에 있었다.

"집 두 채를 연결해서 리모델링해도 재미있겠는걸. 여기 봐봐! 보통 집이 아닌 것 같아."

앞서 계단을 오른 남편이 휘둥그레져서 나를 불렀다. 남편을 따라 창호지 틈으로 내부를 들여다보니 빨간 천으로 장식된 단상 위에 불상과 촛대와 연등이 놓여 있었다. 영화 〈곡성〉을 떠올리며 아래채로 내려가는데 계단이 이끼로 덮인 모습이 보였다. 그늘진 땅은 인간의 힘으로 어찌할 수 없는 가장 치명적 단점이라 고개를 절레절레 저으며 가차 없이 돌아섰다.

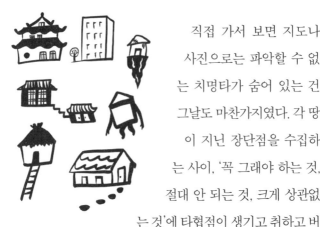

직접 가서 보면 지도나 사진으로는 파악할 수 없는 치명타가 숨어 있는 건 그날도 마찬가지였다. 각 땅이 지닌 장단점을 수집하는 사이, '꼭 그래야 하는 것, 절대 안 되는 것, 크게 상관없는 것'에 타협점이 생기고 취하고 버리기도 하면서 좋은 땅에 대한 우리만의 기준이 점점 정교해졌다.

봄에 시작한 땅 찾기가 겨울로 넘어가면서 진도, 완도까지 후보지가 늘어났다가 난데없이 목포항의 적산가옥으로 튀는가 하면 뜻밖의 급매 빌라에 혹하기도 했다. 선택지가 넓혀졌다, 옆길로 샜다, 원점으로 돌아오길 반복하며 제자리를 면치 못하던 중 선택에 말뚝 박는 계기가 생겼다.

주작산 휴양림 일대를 둘러본 그날은 평소보다 일정이 빨리 끝났다. 허탕도 쳤겠다, 밥때도 놓쳤겠다, 오래 걷기도 했겠다, 기운이 빠질 대로 빠졌는데 마침 '전라남도 한정식' 간판이 눈에 보였고 우리는 동시에 외쳤다.

"저거 먹자!"

상다리 부러지게 한 상 받아들자 우리의 젓가락과 심장 박동이 빨라졌다. 20여 가지의 음식이 입안에서 땅과 산 그리고 바다를 넘나드니 조금 전까지 시들시들했던 마음에 생기가 돌았다.

"우와, 배 터지겠어. 맛있는 것도 먹었는데 어디 놀러 갈까?"

"위로 쭉 가면 월출산 계곡이 나온다는데 거기 가보자."

관광객 모드로 전환하니 마음이 가벼워졌다. 허탕 후의 낙담은 아무리 반복해도 무뎌지지 않았지만 털어내고 기운 차리는 데는 요령이 늘어갔다.

들뜬 기분 탓인지 가려던 계곡을 지나쳐버렸다. 차를 돌리지 못하고 고개 하나를 넘었는데 갑작스레 탄성이 나왔다. 눈앞에 녹차밭이 융단처럼 깔려 있는 게 아닌가. 여기 우리나라 맞아? 동화 속 그림 같아! 녹차밭을 매일 산책하면 어떤 기분일까? 어느새 놀러 왔다는 본래의 목적을 잃고 지도를 열어 인가를 살폈다. 월출산 주변도 흥미롭겠다! 이렇게 다음 표적이 정해졌다.

얼마 후 월출산 근방의 괜찮은 매물을 발견했다. 오래전

자료라 지금은 빈집이 아닐 텐데 이상하게 마음이 끌렸다. 그 주소지에 다다라 뒤돌아보니 하늘에 산수화 한 폭이 걸려 있었다. 태초의 화공이 거대한 붓으로 요동치는 산등선을 거칠게 휘갈겼겠다. 마치 〈인왕제색도〉와 〈금강전도〉의 실물을 보는 듯했다. 교과서에서나 보았던 겸재 정선의 진경산수화가 집 앞에 펼쳐져 있다니⋯⋯!

절경을 보며 설거지하는 나를 그려보는데 개 짖는 소리와 함께 와장창 꿈이 깼다. 틀렸구나. 키우는 개가 있다면 빈집이 아니다. 수상한 자들이라는 오해를 살까 봐 서둘러 돌아서려는 찰나, 마침 텃밭 일을 하시던 중년 부부가 "무슨 일로 오셨나요?" 하고 먼저 말을 걸어주셨다. 우리가 남의 집을 기웃거리게 된 연유를 말씀 드렸더니 아저씨가 어딘가로 전화를 거시더니 반색을 했다.

"파는 빈집이 하나 있다네요. 저수지 건너편 백숙 집이 이장님 댁인데 그리로 가보세요."

마음 써주셔서 감사했지만 이보다 멋진 풍경을 둔 집은 없을 것 같아 솔깃하지는 않았다. 그저 누군가에게 차를 내줄 여유가 부러울 뿐.

'나는 언제쯤 내 땅을 만나 집을 지으려나?'

월출산 뒤로 해가 넘어가니 개울 소리, 산새 소리가 크게 울렸다. 금방 어두워져 마을을 나섰는데 화장실이 급해 저수지 건너편 휴게소에 들렀다.

"여기가 백숙 집 같아. 이왕 왔으니 가보기나 할까? 아니다, 손님도 많아 보이는데 그냥 가자."

발을 떼려는데 먼발치, 어두운 숲속에서 내 상체만 한 닭두 마리를 거꾸로 든 남성이 우리 쪽으로 성큼성큼 다가왔고, 나는 남편 등을 그 앞으로 밀었다.

"혹시, 저 마을에……."

남성은, 아니 이장님은 남편이 입을 떼기 무섭게 용건을 알아들으시고 반기셨다. 이제껏 겪어본 적 없는 친절이었다. 하지만 그보다 내 시선은 발목을 붙잡혀 침을 줄줄 흘리고 있는 닭 머리에 꽂혔고 이 작은 생명의 고통이 빨리 끝났으면 해서 대화를 끊고 기다리겠다 했다.

내 땅이 생기는 건 한순간

평상에 놓인 대왕 호박의 울퉁불퉁한 녹색을 보고 있자니 개미 눈곱, 도마뱀 코딱지, 닭 귀지를 넣고 마법 수프를 젓는 키다리 이장님이 상상됐다.

"그래서, 집 지을 땅 찾고 있다고?"

생각보다 빨리 일을 마친 이장님이 담뱃불을 붙이며 긴 다리로 경중경중 걸어오셨다. 걸음 하나가 어찌나 큰지 축지법이라도 쓰는 듯했다. 담배 연기를 후 내뿜으며 거두절미하고 본론으로 들어가신다. 저수지 건너편 마을 쪽을 가리키며 대략 적인 위치를 설명하는 데 어디를 말씀하시는지

알 것 같았다. 폐가를 삼켜버릴 듯한 대나무숲이 인상 깊어 사진을 찍었었는데 그걸 보여드리니 맞장구치신다.

"거그가 내 조카네여. 170평. 한 2천만 원 할라나? 큰아들 장가가는디 그 땅 팔 수 없겄냐 허드라고. 그게 며칠 전이었 거든, 자네들 운 좋아부렀어."

'2천? 170?'

땅은 통상적으로 평당 가격이 낮으면 천 평, 만 평 단위로 팔고 크기가 아담하면 가격이 훌쩍 올라갔다. 평수와 가격 의 시소는 도통 수평이 될 줄 몰랐다. 그랬기에 만만한 가격 에 적당한 평수만 들어도 마음이 동할 수밖에 없었다. 자손 여럿이 얽힌 소유관계는 막내따님이 정리했고 잡혀 있는 담 보도 없으며 지목도 전부 대지라 했다. 걸릴 만한 구석이 없 는 땅이지만 해 넘어갈 때 스치듯 본 게 전부라 바로 결정할 수 없었다. 긍정적으로 생각하겠다는 말을 남기고 집으로 돌아가서 사진과 지도를 펼쳐놓고 남편과 긴급회의를 했다.

"정남향에 우리가 원하던 산기슭이야. 게다가 마을 끄트 머리라 조용할 거야. 산에서 흘러오는 계곡물을 끌어다 쓸 수 있다니 농수도 걱정 없겠어."

인터넷과 택배가 있으니 마트가 먼 것 정도는 단점이 안 됐다. 요모조모 따지며 단점을 애써 찾아보고 있는데 이장님으로부터 전화가 왔다.

"조카한테 전화해봉께 170평이 아니라 집 뒤 대나무밭까지 270평이라대. 내가 계약서 준비해둘랑게, 내일 바로 도장 찍어버리게."

갑자기 100평이 늘어? 당장 내일 도장을? 아무리 마음에 들어도 낮에 가보고 더 고민한 뒤에 정해야겠는데 왜 이리 서두르시는 걸까? 가격, 평수, 위치, 모든 것이 완벽한데 이장님이 가장 걸렸다.

다음 날 아침, 남편이 출근도 하기 전에 전화벨이 성급하게 울렸다. 이장님은 계약서 서류 작성을 위한 명의자 정보를 물었다. 그리고 그다음 날에는 집주인이 서울에서 내려오고 있으니 지금 바로 도장 들고 나오라고 하셨다. 근무 중인 남편이 당장 가기는 곤란할뿐더러 아직 확정한 것도 아니었기에 이틀을 미뤘다.

사실 이장님보다 마음이 급한 건 나였다. 이틀을 가만히 앉아 기다릴 수 없어서 출근하는 남편을 배웅한 뒤 버스를 세 번이나 갈아타고 혼자 그 마을을 찾아갔다. 버스 배차시간이 길어서 자차로 40분이면 가는 거리를 세 시간 넘게 걸려 도착했다. 지도와 버스노선과 배차시간에 온 신경을 다

쓰는 동안 시간은 오후로 접어들었다. 무사히 도착하고는 안도감에 폐가 디딤돌에 털썩 주저앉아 깊은 숨을 내쉬었다. 정면에 펼쳐진 월출산을 한참 보고 있자니 웃음이 절로 실실 새어나왔다.

'나도 거실에 산수화 한 폭 걸게 되는 건가?'

가만 보니 독일 알프스산맥의 최고봉 추크슈피체 일부를 떼 온 듯했다. 이토록 환상적인 마운틴 뷰에 폐가라니…….이 경치에 어울리는 그림 같은 집을 상상하며 폐가 구석구석을 살폈다. 지붕을 받치고 있는 갈빗살과 대들보가 아직 짱짱하다는 건 바람이 잘 통하고 습하지 않다는 얘기다. 방 안에 대나무 하나가 욱여진 듯한 모양새로 자라고 있는 걸 보니 집 안까지 볕이 잘 드는 게 분명하다.

집 앞으로는 돌담을, 집 뒤로는 나지막한 산을 병풍처럼 두른 고요한 터에 신통한 치유력이라도 있는 걸까? 물먹은 스펀지 같던 몸이 어느새 가벼워졌다. 가뜬한 발걸음으로 뒷산에 올라 마을을 내려다보니 마음에 종이 울렸다.

계약하기로 한 날, 약속 시간이 한참 남았는데 이장님은 아침부터 전화를 걸어 언제 오느냐 성화셨다. 그날도 남편은 출근을 했기 때문에 재촉한다 한들 더 빨리 갈 수 없었다.

오전 업무를 마치고 남편과 시간 맞춰 읍내 법무사 사무실에 도착했다. 속을 도통 알 수 없도록 새까맣게 선팅이 된 유리문을 열고 들어가니 이장님과 모든 서류가 초조하게 대기 중이었다. 이장님은 발이 넓으신지 법무사님과 잘 아는 사이 같았다. 도장 몇 번 찍고 2천만 원 입금하는 걸로 계약은 신속하게 끝났다.

직원의 안내에 따라 추가로 세금이나 기타 수수료 비용도 입금했다. 계약서를 처음 읽어본 자리에서 세금 처리까지 후루룩 해버리니 마치 드라마 촬영을 위한 연출 같았다. 실체가 보이는 건 훅훅 줄어드는 통장의 숫자뿐. 서류 준비와 신고 과정을 직접 하면 헛헛함도 없고 수수료도 아끼겠는데 이미 판이 벌려져 있어 어쩔 수 없었다. 중간에서 수고해주신 이장님에 대한 감사 표시를 두둑이 하는 걸로 입금 행렬이 끝났다.

어찌 됐건 몽유병 환자의 한밤중 같은 시간은 지나갔고, 이대로 오늘 하루를 시시하게 끝내기는 아쉬웠다. 마을로 돌아가 당당히 내 땅을 밟아봤다. 풀숲을 헤집고 한 바퀴 돌아보니 전날 내린 비로 양말까지 다 젖어버렸다. 발가락의 눅눅한 불쾌감이 붕 뜬 기분을 땅으로 잡아끌었다. 그때 모르는 번호로 전화가 걸려왔다.

"안녕하세요. 은행입니다. 2천만 원 송금하셨죠? 상대편에서 바로 출금해 가던데 보이스피싱 아닌지 확인 차 전화드렸습니다."

나와 상관없는 우려였지만 걱정하는 어조에 정체 모를 불안이 엄습했다. '에이 설마~.' 께름칙함을 애서 덮고 집으로 돌아가려는데 또 모르는 번호로 전화가 왔다.

"오늘 계약 잘 하셨어요?"

"네? 누구세요?"

떨림 섞인 벅찬 목소리의 주인공은 전 주인이었다. 사정이 있어 내려오지 못하고 이장님에게 일을 위임한 탓에 얼굴도 못 보고 서류 작업을 끝낸 참이었다. 그분은 다정하게도 집 주변에 배나무와 자두나무가 있고 여름이 되면 초입에 모시풀이 날 거라고 일러주었다. 아버지께서 이 땅은 명당자리니 팔지 말고 갖고 있으라 하셨는데 아드님 일로 급히 돈이 필요했다는 말에 애석함이 묻어났다. 그렇구나! 내 불안과 허전함의 정체는 다른 게 아니라 계약하는 주체, 땅주인의 부재에 있었다. 서류에만 존재하던 인물과 실제로 말을 주고받으니 둘 곳 없던 마음이 놓였다.

"네, 잘 알겠습니다. 좋은 터에 예쁜 집 짓고 소중하게 잘 가꿀게요."

내 말에 전 주인의 흔들리던 목소리가 한결 잔잔해졌다. 뭔지 모를 그분의 허탈감도 채워진 듯했다. 막내딸이 태어나고 그녀의 아버지가 돌아가시는 동안 울고 웃었을 일련의 이야기가 여기서 끊겼다. 한 가문의 여러 세대를 지켜보았을 이 터에서 우리는 어떤 역사를 쓰게 될까?

사랑할 준비

"사랑합니다."

"네? 사랑이요? 우리 아직 서로에 대해 잘 모르잖아요."

"이제부터 알아가면 되죠."

몇 번 보지도 않고 사랑한다고 말하는 드라마 속 남자의 고백에 고개가 갸우뚱해지지만, 느낌에 의지해 땅을 덥석 사버린 우리도 별반 다를 게 없었다. 반나절 동안 눈 크게 뜨고 샅샅이 파악하려 했지만 숲에 가려진 땅의 경계라든가 물길 혹은 이웃집에 어떤 분들이 사는지 등은 살피기 어려웠다. 살아보지 않고는 전부를 알 수 없는 것도 있는 법이다. 보지 못한 부분이 어떨지 몰라도 이 터에 대한 확신이 있었기에 문제가 생겨도 극복하고 해결할 의지가 충만했다. 여기 살기로 정했으니 이제 터에 대해 하나하나 알아갈 차례다.

우리 땅 두 필지에 대한 경계 측량을 마치고 모서리마다 말뚝도 박았건만 대나무로 잠식된 집 뒤편이 어떻게 생겼는지는 도저히 머릿속에 그려지지 않았다. 열세 개의 각으로 이뤄진 경사진 터를 외우기 위해 비효율적이더라도 직접 손으로 대나무와 잡풀을 제거해보기로 했다. 크리스마스였던 그 주 일요일, 산타할아버지의 선물을 풀어보는 설렘으로 아침을 맞았다.

마을로 들어가기 전 읍내 농자재 백화점에 들러 각자 마음에 드는 톱과 낫을 사들고 밀짚모자에 고무장화까지 장착하니 벌써 농부라도 된 것처럼 자신만만해졌다. 그러나 낫질 하나도 쉽게 되는 일이 아니었다. 낫을 처음 잡아보는 사람답게 제대로 어설퍼서 어깨까지 닿는 마른 풀 속에 들어가 허우적댔다. 잠깐 사이에 도깨비바늘 씨앗이 온몸에 잔뜩 붙어버렸고 씨앗 하나에도 여러 개씩 달린 바늘이 옷에 깊이 박혀 움직일 때마다 여기저기를 콕콕 찔러댔다. 울상이 되어 폐가 디딤돌에 주저앉아 도깨비바늘을 뜯어내고 있는데 허리 구부정한 어르신께서 다가오셨다.

"여그가 사람 살기 참 좋은 땅이여. 옛날에 내 땅이었는디 바깥양반이 노름해서 90만 원에 팔아넘겼거든, 새댁은 얼마에 산겨?"

서슴없이 속내를 털어놓은 어르신은 거침없이 질문을 던지셨다.

"근디 몇 살이나 먹었디야? 애는? 없어? 큰일 날 사람이네. 어서 빨리 하나 낳아야지! 부모님은 계시고? 뭐 허시는데? 형제는?"

이어지는 질문 공세에 나라는 사람이 속속 파헤쳐졌다. 심심한 마을에 흥밋거리가 나타났다는 소문이 퍼졌는지 한 어르신의 궁금증이 풀리면 다른 어르신이 바통을 이어받아 들르셨다.

"대나무 죽이는 약 치면 되는디 손으로 베느라 고생이여. 저그 저 나무나 베어부러. 집은 허물어버릴 텐디 풀 정리는 뭐 하러 혀."

이 터에 대한 칭찬으로 시작한 호구조사는 지금 우리가 하고 있는 헛수고에 대한 염려로 마무리됐다. 까맣게 염색한 파마머리에 알록달록한 패션으로 스타일을 통일한 어르신들의 질문은 구성도 내용도 한결같았다. 옷에 붙은 도깨비바늘을 떼며 같은 대답을 반복하는 사이 해는 월출산 뒤로 넘어가고 있었다.

　땅을 소유한다는 건 어떤 기분일까? 새해가 밝고 땅 소유자임을 증명해주는 등기를 우편으로 받았다. 못다 체감한 기쁨이 몰려오리라 기대했는데 별다른 감흥이 느껴지지 않았다. 기뻐야 할 자리에 집 짓는 동안 지낼 거처에 대한 고민이 들어앉은 탓이다. 폐가를 수리해서 임시 거처로 쓰면 어떨까? 어차피 창고도 필요할 텐데 컨테이너 숙소는 어떨까? 읍내 월세를 알아볼까? 방법은 많았지만 집 짓기 전부터 숙소에 돈과 시간을 많이 들일 수는 없었다. 결국 최후의 방법으로 정했다.

　"어르신, 혹시 집 짓는 동안 이 마을에 살 만한 빈집이 있을까요?"

　지나가는 마을 어르신을 붙들고 여쭸더니 바로 다음 날 이장님께서 전화를 주셨다. 벌써 집주인 동의까지 받아서 말이다. 우리 땅 한 집 건너 집인데 사시던 어르신께서 사고로 돌아가시는 바람에 빈집이 됐다 한다.

　푸세식 화장실만 아니면 된다는 마음으로 집 내부를 살피는데 벗어놓은 신발이며 펼쳐진 밥상까지 집주인이 밭일하러 잠시 나간 듯 그대로 남아 있었다.

'아……, 정리하라던 게 이거였구나.'

집 정리와 주방 어디선가 새는 수도를 알아서 해결한다는 것이 임대의 추가 조건으로 따라붙은 터였다. 남해 집, 해남 집, 아파트, 1년이 채 안 되는 사이 세 번의 입주 청소를 했다. 그러니 청소라면 자신 있었는데 돌아가신 분의 뒷정리는 청소 그 이상의 일이었다. 보증금 20만 원에 월세 10만 원으로 계약하기로 했는데, 고생하려니 억울해서 월세 5만 원으로 깎아달라 했다. 입주까지 고생 좀 하겠지만 집 짓는 데 필요한 전기를 끌어다 쓰고 급히 화장실을 이용하는 데는 이만한 선택이 없었다. 집터 가까이에 빌릴 수 있는 빈집이 있는 것만으로도 운이 좋았다.

남편의 퇴직과 흙집 입주까지 남은 기한은 두 달, 휴일인 일요일만 청소하러 갈 수 있는데 설과 가족 행사로 막상 운용할 일요일이 몇 번 안 되어 마음이 급했다. 우선 물 새는 곳이라도 찾아놓아야 했다.

바닥 시멘트를 깨부술 각오를 하고 살림을 마당으로 끄집어내는데 물건이 끝도 없이 나왔다. 한평생 물건을 하나도 안 버리셨는지 유물 같은 빈티지 그릇에 도마와 식칼만 해도 4, 50개씩 됐고 한쪽 벽에는 왕지네, 말벌, 뱀 등의 담금주가 진열되어 있었다. 잠시 온몸이 경직되어 목소리도 안 나왔다. 지네가 담긴 병에 붙여진 이름표에는 작년 날짜와 함께 '큰 방 장판에서'라고 쓰여 있었다. 말벌은 '대들보에서' 뱀은 '신발장에서'······. 나 여기에서 잘 지낼 수 있을까? 등골이 싸했다.

열린 신발장으로 시선을 옮기니 비닐로 꽁꽁 싸매둔 새 신이 보인다. 그걸 보니 돌아가신 우리 할머니가 떠올랐다. 할머니 신발장에도 아껴둔 새 신이 있었다. 한때 대가족이 살았던 할머니 댁 정리는 보통 규모가 아니었다. 아빠를 도와 혹독하게 뒷정리를 하면서 '남은 가족을 위해 간소하게 살아야지' 하고 굳게 다짐했었다. 그리고 자연스럽게 유한한 나의 생이 인지되었다. 일상으로 돌아오면 그 다짐을 잊고 순간을 사느라 급급하지만 그때 이후로 중요한 선택의 기로에서 죽음은 답을 얻는 도구로 쓰였다.

곧 죽는다고 가정하면 어떻게 행동하고 선택할지 명쾌해진다. 내 삶이 언제 끝날지 모를 마당에 남들이 정한 잣대에 맞출 시간이 있을까? 자랑하기 위해, 실패할까 봐, 자존심 상해서, 누군가의 기대에 부응하기 위해 쏟는 에너지가 너무 부질없어서 놀랄 정도다. 죽음은 나를 내 삶의 주인공이

게 했다.

　시골 땅을 구할 때 피해야 할 조건 중 하나가 '무덤'이라
고들 했다. 그런데 아이러니하게도 귀촌 단지가 아니고서야
보통의 시골 마을에서 무덤을 피해 땅을 구할 방법은 전무
했다. 도시에서는 피하고 덮어야 할 혐오의 대상이지만 시
골에서는 마을을 지켜주는 조상님이니 겁낼 대상이 아니다.
죽음을 곁에 두고 직시할 때 진짜로 잘 살 수 있는 것 아닐
까? 격렬하게 입주 준비를 하면서 우리 터에 대한 사랑을 무
럭무럭 키워갔다.

145

집 설계는 맞춤옷처럼

몇 번에 걸쳐 했던 이사는 남편이 버섯농장에서 함께 지내던 백구 두 마리(눈치와 덩치)와 아직 눈도 안 뜬 둘의 새끼 여섯 마리 그리고 고양이 띠용이를 데려오는 걸로 무사히 마무리됐다. 한숨 돌리며 시계를 보니 7시 반, 먼지를 뒤집어쓴 터라 저녁밥은 둘째 치고 먼저 씻었으면 했는데 때는 아직 겨울이 가시지 않은 3월이었고 보일러는 왜인지 작동하지 않았다. 그래서 떠올린 것이 읍내 대중목욕탕이었다.

"여기도 닫았네. 어쩌지?"

한 군데는 마감 청소 중이었고 한 군데는 영업이 끝나버렸다. 지도를 보니 산 아래 온천이 있어서 마지막 희망을 걸고 찾아갔지만 영업을 중단한 지 오래된 폐허였다. 다시 읍내로 돌아오니 8시가 넘었고 약속이나 한 듯 모든 가게가 일제히 소등한 상태였다. 씻지도 먹지도 못한 채 집에 들어온 우리는 간신히 세수만 하고 애써 잠을 청했다.

"아드드드. 3월이 원래 이렇게 추웠나?"

윗니와 아랫니가 절로 부딪히게 추운 방이라니. 흙집에 시멘트 블록으로 확장해 지은 방은 허술한 단열 탓에 냉기가 끊임없이 공급되는 냉장고 같았다. 그런데 그날의 밤을 더욱 고되게 한 건 추위보다 잠들 만하면 짖는 눈치와 덩치였다. 나가봐야 칠흑 같은 어둠 말고 아무도 없다는 걸 알면서도 백구들이 숨넘어가게 짖어대니 나가보지 않을 재간이 없었다.

그러는 사이 속절없이 동이 텄고 남편이 비몽사몽간에 방을 나섰는데 잠시 후 '쿵!' 소리와 함께 외마디 비명이 들렸다. 쫓아가보니 남편이 정수리를 두 손으로 감싸 쥔 채 웅크리고 있었다. 높이가 낮은 주방 출입구에 머리를 제대로 찧은 것이다. 아궁이를 현대식으로 개조한 주방 바닥은 방보다 두 계단 높아서 키 180센티미터인 남편의 머리가 천장에 스치듯 닿았다. 그런 데다가 출입구가 계단 아래 있어서 허리를 숙여 진입해야 하는데, 화장실을 가려면 주방을 통해야 했기에 남편은 하루에도 몇 번씩 머리를 찧었다.

"아후~! 알면서 왜 자꾸 부딪히는 거야."

낮은 출입구를 증오하던 남편은 자신에게 원망을 퍼부었고 정수리에는 혹에 혹이 더해졌다.

"타닥 타다탁 타다다닥."

한밤중, 모스부호 같은 두드림이 어렴풋이 머리맡에 느껴졌다. 순간 본능적으로 눈을 뜬 나는 '으아아악! 악! 악! 악!' 있는 대로 비명을 지르며 방방 뛰었다. 난리 통에 놀라 깬 남편이 형광등 줄을 잡아당기자 클럽 조명처럼 깜박이는 빛 사이로 검고 붉은 것이 사라졌다 나타났다 했다. 등이 완전히 켜졌을 때 왕지네는 몸을 기역 자로 꺾어 방 모서리를 태연하게 기어가고 있었다. 남편은 아내를 지켜야겠다는 일념 하나로 이를 악물고 슬리퍼를 집어 들었지만 나는 봤다. 파르르 떨리던 그의 손을……

어느 틈으로 들어오는 건지 지네뿐 아니라 거미, 그리마, 나방, 벌 등 각종 곤충이 집 안 곳곳을 자유롭게 누볐다. 그래도 같이 사는 고양이 덕인지 다행히 쥐는 안 보였다.

이 집에는 벌레 출몰과 더불어 치명적인 단점이 하나 더 있었는데 그건 원활하지 않은 환기였다. 생선이나 고기를 구우면 앞뒤 문을 열어도 자욱한 연기가 종일 고여 있어서 굽거나 볶는 요리를 하려면 마음의 준비가 필요했다. 집에서 늘 퀴퀴한 냄새가 나고 모든 것에 쉽사리 곰팡이가 피는 걸 보면서 터를 지나는 바람 길을 읽고 창을 내는 것이 얼마나 중요한지 절실히 느꼈다. 이는 건강과 직결되는 필수요소이기도 했다. 사건 사고가 끊이지 않는 집이었지만 덕분에 머리로만 알던 좋은 집의 조건을 뼈저리게 익혔다.

집의 본질에 집중해서 설계하길 세 달째, 남편 혼자 수십 개의 도면을 그리고 버린 결과 삼각 지붕의 단순한 외형으로 최종 결정됐다. 버린 도면들에는 미련과 욕심이 그려졌지 싶다.

한 벽이 통 유리창으로 시원하게 뚫린 카페 같은 집, 중정이 있는 디귿이나 미음 형태의 집, 옥상에 잔디가 깔린 전망대가 있는 집, 수직 수평이 강조된 세련된 집. 휴양지의 풀빌라 같은 집. 외형에 대한 이런저런 환상은 터를 찾는 지난한 시간을 버티는 데 도움이 됐지만 현실에 적용하기에는 무리가 있었다. 일단 우리의 예산은 빠듯했고 옥상은 유지 보수 면에서 탁월한 선택이 아니며 유리창 면적은 단열과 반비례

한다.

　이런 과정을 거쳐 겉보기에는 특색 없이 평범하지만, 내
부는 우리 생활방식과 취향이 반영된 세상에 둘도 없는 구
조가 완성되었다. 남편은 천장 낮은 흙집에 한이 맺혔는지
천장을 5미터도 넘는 높이로 계획했다. 집의 절반인 현관
과 화장실, 주방까지는 복층 아래 배치되어 일반 집 층고인
데, 거실 천장은 지붕까지 시원하게 트이도록 했다. 현관에
서 화장실을 지나 좁은 복도를 돌아 들어가면 펼쳐지는 밝
고 높은 공간이 어떤 소설의 짜임새 같기도 했고 평범한 외
형과 대립되는 내부 구조, 예측을 뒤엎는 거실의 반전 매력
은 어쩐지 설계자를 닮은 듯도 했다. 하루에도 몇 번씩 계단
을 오르락내리락해야 하는 복잡한 동선은 종일 앉아서 작업
하는 내 일상에 운동을 포함시키고자 하는 바람이 적용된
거였다.

　"복도도 그렇고 이쪽 벽에 창을 더 뚫지 그러니?"

　어머니는 아직도 우리 집에 오실 때마다 아무것도 없는
심심한 벽을 안타까워하신다. 창은 곧 열손실로 이어지고
창호 하나가 차지하는 비용 또한 무시할 수 없기에 정말 필
요한지 여러 차례 묻고 신중히 결정했다.

　기능과 더불어 성향을 중심으로 설계된 우리 집에는 따

로 방이랄 게 없다. 어머니께서는 시골집에는 손님방이 필수라고 했지만, 손님까지 고려해서 설계하려면 복도와 높은 층고는 포기해야 했다. 우리가 집 짓는 시기에 친정 부모님도 귀촌하셔서 새로 집을 지으셨는데 자식들이 놀러 올 것까지 생각해서 계획보다 더 넓어졌고 급기야 이층집이 되었다. 명절 때 가족이 모이면 조카들이 뛰어놀기 좋지만 무릎이 좋지 않은 엄마는 2층에 올라가는 일이 없으니 1년에 단 며칠을 제외하고는 두 분 사시기에 너무 넓어 청소하기 힘든 집이 되었다.

우리 집에서 살아갈 사람은 손님도 누구도 아닌 우리다. 집 짓는 목적과 그 집에 사는 사람이 누구인지 생각하면 더 고민할 게 없었다.

"모든 준비가 끝났어! 드디어 첫 삽을 뜨는 건가?"

여름을 앞두고 단비가 시원하게 내리던 날, 완성한 도면을 설계사무소에 넘긴 남편은 집터를 돋우고 다지기 위한 본격적인 계획에 들어갔다.

자존감에도 적정 수위가 필요해

기초공사를 마친 시멘트 위로 비가 부슬부슬 내렸다. 두껍게 부어놓은 시멘트를 천천히 굳히려면 물을 뿌려줘야 한다는데 하늘이 그 일을 대신해주니 이런 횡재가 없다. 모든 게 잘되어가고 있는데도 이틀째 내리는 비 때문인지, 남편의 부탁 때문인지 기분이 땅속 깊은 곳으로 가라앉았다.

며칠 전 그 사건 이후로 남편은 내가 현장에 나타나면 긴장부터 했다. 시멘트를 붓기 전 거푸집 내부에 철근을 바닥에서 띄워 격자로 촘촘히 고정시키는 작업을 할 때 나는 남편의 지휘 아래 철근 재단을 맡았었다.

"이거 봐봐. 엄청 빠르지! 역시 난 못하는 게 없다니까~,

하하하…… 어? 이상하다. 이게 아닌데?"

지나가는 남편을 불러 세워놓고 보란 듯 철근을 잘랐는데 잘라놓은 철근을 보니 길이가 점점 짧아지고 있었다. 짧게 잘린 철근을 집어 든 남편의 표정이 일그러지는 걸 보고 나는 슬며시 손을 내려놓고 자리를 피했다. 남편은 갤러리에서 작품을 설치하던 습관이 몸에 배어 그런지 정확한 수치와 수직, 수평에 유난히 예민하게 굴었다. 그 사건 이후로 남편은 내가 도와주려 나설 때마다 곤란해하는 표정이 역력했다.

"서운하게 생각하지 말고 들어봐. 나 집 짓기 재미로 하는 거 아니야. 정교하게 정말 잘 짓고 싶어. 이건 내 몫으로 두고 네가 잘하는 다른 일을 하는 게 어때? 나 좀 도와줘. 제발 부탁이야."

참다못한 남편이 꼬마에게 타이르듯 말했다. 우리는 한배를 탔고 여기까지 모든 걸 함께해왔는데 한 번 실수로 배에서 내리라니. 내가 걸림돌이라고? 방향타를 잡은 남편의 보조 역할을 이제껏 잘해왔다고 생각한 건 나만의 착각이었을까? 내가 하차하길 바라는 남편에 대한 배신감에 분노하다가 이내 의기소침해졌다.

뭘 해야 하는지, 뭘 할 수 있을지, 뭘 하고 싶은지……, 내가 대책 없이 퇴직당한 사람처럼 할 일을 못 찾아 서성대는 동안 남편은 어르신들의 응원 아래 하루하루를 알차게 보냈다.

"허이구, 기술자네, 기술자여~."

"우리 사위 삼으면 딱 좋겠구먼!"

"밥은 먹고 하는 겨? 우리 집에 와서 밥 한술 뜨고 가."

어르신들은 오실 때마다 입을 모아 '기술자네, 기술자여~' 추임새를 넣으며 남편의 등이나 손을 어루만졌다. 반면 나에게는 '애도 안 낳는'이 따라붙었다. 남편에 대한 어머니들의 마음이 깊어질수록 나는 더욱더 몹쓸 아낙이 되어갔다.

"이 여편네야. 남편 혼자 저렇게 새빠지게 고생하는데 밥도 안 차리고 어딜 그렇게 싸돌아댕겨!"

뒷산으로 향하는 길에 마주친 어르신은 지팡이를 허공에 휘두르며 내 면전에서 호통을 치기도 하셨다. 밥때 됐는데 애도 안 낳고 백구와 뒷산으로 가는 새댁에 대한 분노는 어르신의 굽은 허리를 일으켜 세울 정도였다. 저희는 아침을 늦게 먹어서 어르신들과 밥때가 달라요. 이미 저 멀리 떠나버린 어르신의 뒷모습에 대고 나는 속으로 말했다.

매일 갱신되는 나에 관한 소문에 나날이 불만과 울화만 쌓여가는 나를 보다 못한 남편이 제안했다.

"그러지 말고 마을 밖으로 나가서 활동하는 게 어때?"

남편이 밀어붙여서 읍내 2층 자리에 그림 작업실을 마련하긴 했지만 뭘 하겠다는 뚜렷한 계획은 없었다. 내 공간이 생겨서 좋긴 하지만 당장 어떻게 월세를 버나 싶으니, 벼랑 끝에 몰린 기분이다. 작은 읍내에 화실을 차려봐야 월세나 벌면 다행인 걸 알면서도 남편이 나를 마을 밖으로 밀어낸 이유는 다른 데 있는 듯했다.

"작품을 세상에 내놓지 못하는 건 네가 비평과 평가를 두려워하기 때문이야. 너의 허점을 받아들여! 그건 그리 큰 좌절이 아니라고. 많이 실패하고 깨지면서 개선하면 되는 거야."

남편이 내게 누누이 해온 말이다. 하도 들어서 다 외울 정도지만 도저히 실천으로 이어지지 않았다. 상처받을까 봐 사람도 만나지 않고 스스로를 고립시키는 나를 탐탁지 않게 여겨온 남편은 아직도 기회만 되면 내 등을 떠민다.

하기 싫은 건 절대 하지 않고 남에게 굽히지 않는 내 태도에 전에는 자부심이 있었는데 사실 그건 속이 텅 빈 자존감을 지키기 위한 방패, 그러니까 하잘것없는 자존심에 불과했다. 좌절이나 창피를 막기 위해 자존심을 세울수록 더 나아질 기회는 닫힌다는 걸, 그러면 내가 나를 믿지 못해 늘 불안할 거라는 걸, 결국 낮아진 자존감이 나를 불행으로 밀어넣을 거라는 걸 알지 못했다. 나를 힘들게 하는 것은 애도 안 낳고 밖으로 나도는 여편네라는 소문이 아니라 그걸 마음에 담아두고 누군가를 원망하거나 자책하는 나 자신이었다.

남편의 조언대로 작업실에 사람들을 초대해 커피를 대접했다. 손님의 손님이 내 그림을 사주셨고 그렇게 첫 달 월세를 해결한 사이 남편이 쌓아올린 벽돌은 1층 높이를 넘기고 있었다. 거기까지의 과정에서 남편은 벽돌이 배송되던 날 가장 큰 난관을 마주했다. 대형 트럭이 팰릿에 얹힌 벽돌더미를 마을 입구 대로변에 내려놓으면 지게차가 계단식 논을 리을 자로 지나 마을 뒷길로 옮겼다. 그다음 경사면 아래의 우리 땅까지는 크레인으로 들어서 내려야 했다. 좁고 경사진 진입로는 중장비 비용을 추가로 들여도 집 짓는 내내 가장 큰 장벽이었다. 그날 벽돌을 무사히 들일 때까지 마음 졸인 남편은 위장을 명주실로 동여맨 듯했을 것이다. 벽을 쌓는 동안에도 크고 작은 문제가 끊이지 않았지만 남편은 그럴 때마다 어떻게든 해결했다. 그러면서 쾌감까지 느끼는 것 같았다.

"벽돌쌓기가 그렇게 재미있어?"

"노력한 만큼 쌓이는 게 눈에 보이니까 신나지."

남편은 벽돌쌓기에 거짓이 끼어들 틈이 없다는 사실 하나로 더없이 행복해했다. 인간의 몸 또한 어찌나 정직한지 운동이라면 질색하던 멸치 같던 사람이 25킬로그램의 상체만한 벽돌을 들어 나르고 쌓기를 반복한 결과 한 달 만에 복근이 여섯 개로 갈라지고 어깨와 가슴 근육이 두 개 세 개로 쪼개졌다. 몸의 근육과 함께 마음의 근육도 쌓이는 걸까? 이소룡 근육을 장착한 남편은 세상에 두려울 것 없어 보였다.

그렇지만 지붕 골조까지 마친 시점에 나는 좌불안석이었다. 지붕과 복층 바닥 만들기는 철근 박힌 길이 3미터의 패널형 벽돌을 5미터 위로 올려야 하는 작업이라 남편 혼자서는 불가능했다. 이틀에 걸쳐 중장비와 추가 인력을 동원했더니 통장 잔고 앞자리 숫자가 사라져버렸다.

"자재 비용까지 결제하면 통장 잔고가 바닥나겠어. 어쩌지?"

12월에 접어드는데 겨울을 어떻게 나야 할지 머릿속이 하얘졌다. 그동안 작업실에는 세 명의 수강생이 생겨 간신히 고정적으로 월세는 낼 수 있게 됐지만 이 수입 가지고는 마트에서 장을 볼 수도 개 사료를 살 수도 없었다.

"상황이 이런데 내가 작업실에서 난로 옆에 끼고 그림이나 그리는 게 제정신이야?"

"팔다리 멀쩡한데 뭐가 걱정이야. 벌면서 집 지으면 되지. 여기 신경 쓰지 말고 너는 네 일에 집중하면 돼."

시름에 빠진 나와 반대로 남편은 너무 태평했다. 이걸 자존감이 높다 해야 할지 위험감지 신경에 오류가 났다 해야 할지 헷갈렸다.

둘째 돼지의 수업과 셋째 돼지의 지붕

"그거 생각보다 돈 많이 든다."

남편 혼자 집을 짓겠다 했을 때 100에 99는 만류했지만 철부지들에게는 잔소리일 뿐이었다. 다른 건 몰라도 돈이 부족할 거라는 생각은 못 했는데 골조까지 마치고 나니 보기 좋게 가진 것은 몸뿐인 신세가 됐다. 돈이야 벌면 된다고 남편은 대수롭지 않게 말했지만 집 짓는 중노동을 봐왔는데 거기에 또 다른 노동을 얹는다는 게 상상이 안 됐다. 그래도 돈은 벌어야 하니 되도록 사무직을 했으면 했는데 그러려면 목포나 광주까지 출퇴근해야 했다. 청년 일자리 공고가 눈에 들어온 건 이러지도 저러지도 못하던 바로 그때였다. 그래, 이거다!

면접 보러 간 남편을 도청 옆 카페에서 초조하게 기다렸다.

'저 남자, 내가 아는 그 사람인가?'

왁스를 발라 넘긴 머리에 남색 재킷을 걸친 남자가 나를 향해 걸어오는데 평소와는 다른 모습에서 갤러리에서 퇴근하고 달려오던 남자친구가 겹쳐 보였다. 불과 3년 전에는 우리도 보통의 도시인이었는데 이런 일상이 10년 전 일인 듯 아득하게 느껴졌다.

면접에 합격한 남편은 봄부터 우리 마을에서 차로 15분 거리에 위치한 귀촌인 마을로 출근하게 됐다. 그 전에 한 달 반 동안 목포에 나가 오후 내내 의무교육을 받아야 했는데 그때부터 집 짓는 속도가 현저히 느려졌다. 더욱이 지붕 단열 작업이 한창이던 그해 겨울은 하루가 멀다 하고 눈이 내려 남편이 애를 많이 먹었다. 동틀 녘에 집에서 나간 남편은 밤사이 쌓인 티끌 하나 없는 새하얀 눈을 가로질러 지붕 위로 올랐다. 눈 쌓인 대형 천막을 걷어내고 전날 작업을 이어 하다가 오전 11시면 지붕과 아쉬운 마음을 천막으로 덮고 의무교육을 받으러 가야 했다.

"지붕이 이렇게 높았나? 경사가 너무 가팔라 일어서지도 못하겠어."

한번은 나사못을 가져다주러 지붕 위에 올랐다가 기겁하

고 기어 내려왔다. 그냥 서 있어도 장대에 올라선 것 같은데 남편은 본인 키보다 더 큰 목재를 규칙적으로 배치해놓고 거기에 못을 박았다. 남편이 지붕 위에 올라가면 무탈하게 내려오길 기도하고 사지 멀쩡히 내려오면 안도의 한숨을 내쉬는 나날이 길어지니 내가 다 지칠 정도였다. 남편은 어릴 때 본 동화 〈아기돼지 삼 형제〉의 셋째처럼 튼튼한 벽돌집을 짓고 싶었다던데 그 영향인지 막바지 지붕 방수 작업을 꼼꼼해도 너무 꼼꼼하게 했다.

"끝냈다, 끝냈어! 이제 폭풍우가 몰아친대도 걱정 없어."

남편은 셋째 돼지처럼 외쳤다. 교육 마지막 날 신물 나는 지붕 작업에 종지부를 찍자 오후부터 날리던 눈발이 급속도로 촘촘해졌다. 그리고 밤부터 폭설 경보가 울렸다.

다음 날 밤새 쌓인 눈에 발이 무릎까지 빠졌다. 그런 날은 마을에 버스도 들어오지 않는데 약속된 수업이 있어서 작업실에 나가야 했다. 수강생이 중요한 공모전을 준비하고 있어서 미룰 수도 없었다.

작업실은 회원이 늘어 교습소 형태로 자리 잡아가고 있었다. 식비라도 벌면 좋겠다는 마음을 먹으니 간판이 필요했는데 거기에 돈을 들일 수는 없어서 남편에게 부탁했었다.

다듬지 않은 합판과 각목으로 뚝딱 만든 입간판에 바탕체로 '수채화. 유화. 드로잉'이라는 글자를 정교하게 넣었다.

"어때, 돈 없는 예술가 스타일! 베를린의 힙스터 같지?"

남편은 본인이 만든 걸 설치하며 뿌듯해했다. 있는 재료로 할 수 있는 만큼 한 거였지만 천편일률적인 간판 가운데 나름 개성은 돋보였다. 미완성 같은 간판을 보고 누가 들어올까 하는 걱정이 무색하게 어린이부터 성인까지 많은 분이 작업실 문을 두드렸다.

"그게 다 간판 덕이라고! 딱 봐도 겉모습에는 신경 안 쓰고 수업에만 전념할 것 같잖아?"

읍내에 미술학원이 없어서 교습소 반응이 좋았던 것 같은데 남편은 아직도 유행을 앞서간 신선한 간판 덕이라 믿고 있다.

베스트 드라이버 남편 덕에 빙판길을 뚫고 무사히 작업실에 도착하긴 했는데 중학생 수강생 '바다'는 코뚜레에 꿰여 억지로 끌려 나온 얼굴로 이젤 앞에 앉았다.

"어두움이 있어야 밝음이 돋보이는 거야. 여기를 어둡게 해볼까?"

내가 하는 말은 그림에 닿지 못하고 허공을 떠다녔다. 바다가 지금 하는 연필화는 수도 없이 선을 그어 면을 만들고, 그렇게 만든 면을 또 셀 수 없이 겹쳐야 했다. 평평한 종이 위에 어떤 대상이 입체로 드러나는 과정은 땅 위에 벽돌을 쌓아 올리는 집 짓기와 닮았다. 지겨운 선 긋기를 팔이 아프도록 반복하다 보면 '내가 뭘 하는 건가' 싶지만 구상의 시각화를 위해 건너뛸 수 없는 부분이다. 그 고단함과 지겨움을 맞닥뜨린 바다는 연필을 내려놓고 느닷없이 배가 아프다며 울상을 지었다.

바다는 불안정한 가정문제로 보육 시설의 돌봄을 받고 있었다. 보육원 국장님으로부터 집중력이 약하고 뭔가를 끝까지 해내지 못하는 바다의 성향을 전해 들었을 때는 솔직히 겁이 났다. 내게 바다를 변화시킬 역량이 있는지 의심스러웠지만 바다가 미술에 특기가 있다니 그나마 용기가 났다. 순수미술부터 디자인, 일러스트, 만화까지 놀이하듯 다양하게 맛보다가 흥미를 보이는 분야를 점차 깊고 넓게 확장하면 저도 모르게 끈기가 따라올 터였다. 그러나 1, 2년 사이에 금방 이뤄질 일은 아니었다.

"바다야, 작은 종이 한 장만 그릴 건데 하기 싫으면 언제든 얘기해."

색칠을 돕는 척하며 연예인과 친구들 얘기로 시간을 끌면 어느새 한 장이 끝나 있었다. 바다는 문득문득 폭력적인 할아버지와 무관심한 아빠 그리고 어릴 때 돌아가셨다는 엄마와 자주 바뀌는 새엄마 얘기를 들려줬다. 바다와 우정을 쌓은 지 두어 달이 지났을까 국장님께서 찾아오셨다.

"○○기업에서 미술 인재를 발굴하고 성인이 될 때까지 후원해주는 공모전이 있다고 해요. 우리 바다가 선발될 수 있도록 잘 부탁드립니다."

분명 바다에게 등대가 되어줄 기회였지만 두 점의 큰 작품을 제출하기에는 아직 역부족이었다. 그래도 해보자! 교육에 있어서 반드시 경계해야 할 것이 바로 성급함인데, 그걸 알면서도 잘해보고 싶은 마음이 앞서 바다를 억지로 목표지점으로 끌고 갔다.

전국에서 일곱 명을 선발하는데, 결과는 합격이었다.

'됐다, 됐어! 바다는 이제 흐르는 물에 몸을 맡기고 수영만 잘하면 되는 거야.'

이 흐름에 올라타려면 주기적으로 서울을 오가며 교육을 받아야 했는데 처음 몇 번 참석하다가 중도 하차했다고, 붓을 부러뜨리고 모든 화구를 던져버렸다고, 결국 다른 시설로 옮겨갔다고 하는 소식을 나중에 국장님에게서 전해 들었다. '아버지가 동행해주시지 않았을까? 그 수업이 버거웠을까? 지루해졌을까?' 정확한 이유는 모르겠지만 결과에 집착한 나머지 선을 넘은 내 잘못은 분명했다. '내가 누굴 가르쳐.' 그 뒤로 어린이 수강생은 더 받지 못했다.

　겨울의 짐을 내려놓을 무렵 봄을 알리는 비가 나흘 연속 쏟아졌다. 그런 가운데 답답할 정도로 느렸지만 정석대로 시공한 남편의 지붕은 새는 곳 하나 없이 완벽했다.

그래도 내일이 기다려지는 이유

세탁소용 철사 옷걸이 양끝을 아래로 구부려 대충 만든 휴지걸이는 4단짜리 철재 간이선반 모서리에 뻐딱하게 걸려 있고, 그 옆에는 식탁으로 사용하는 낡은 책상이 있다. 그리고 책상 옆 입구 쪽의 이동식 미니 행거 하나가 우리 둘의 옷장이다. 그러니까 싱크대와 가스레인지, 냉장고가 있는 두 평짜리 주방은 거실이자 창고이자 화장실로 나가는 복도이자 탈의실이었다.

집 짓는 동안 임시로 살던 흙집 주방은 언니네 아파트 다용도실보다 작았다. 그러면서도 더 다용도로 쓰였다. 이런저런 물건으로 가득한 주방에서 돼지고기를 볶다가 피로해지면 '나처럼 공간 활용을 잘하는 사람도 없을 거야' 하며 극

한을 이겨낸 자의 자부심을 부려보기도 했다. 흙집이 좁고 불편하긴 했어도 임시였기에 견딜 만했는데 집 짓기가 1년을 훌쩍 넘어가니 더 이상 임시가 아니라는 생각에 슬슬 지치기 시작했다. 그래도 조금씩 제 기능을 갖춰가는 집은 유일하게 위로가 되어주었다.

  남편의 첫 월급으로 주문한 거실 창이 배송되었다. 하차를 마친 기사님은 바로 자리를 뜨지 않고 남편이 짓고 있는 집을 한 바퀴 둘러보셨다.

  "이걸 혼자 지었다고라? 세컨드하우스요?"

  "아니에요. 둘이 살 집 짓는 거예요."

  "앞으로도 돈 좀 들겄는디? 주식 허요?"

  "아, 아니요. 벌면서 짓고 있어요."

  "워메, 젊은 사람이, 돈도 안 되는 시골 땅에다가."

  기사님의 말끝에는 앞으로 살 날 많은데 '대출받아서 도시에 아파트를 마련해야지'가 생략되었겠고 아내랑 저녁 사 먹으라고 배송비 8만 원 중에 3만 원을 되돌려주신 걸 보면 혼자 집 짓는 젊은이가 여간 안타까운 게 아닌 듯했다.

  몇 살쯤에는 결혼해야 하고 언제까지는 아이 낳아야 하고 남들만큼 재산을 불리려면 당연히 아파트를 분양받아야 한다는 공식에서 완전히 이탈한 우리를 본 사람들의 반응은 보통 그랬다. 처음에는 따로 믿는 구석이 있거나 어떤 원대한 계획이 있을 거라 추측하지만 몇 마디 나눠보고는 '앞으로 어쩌려고' 하며 걱정하는 것이다.

먼 미래에 대한 구체적이고 안정적인 계획이 없던 건 사실이다. 별다른 철학이 있어서 남편 혼자 집을 짓는 것도 아니었으며 그렇다고 도시가 특별히 싫다거나 시골이 딱히 좋아서도 아니었다. 남편은 집을 지어보고 싶었고 나는 넓은 생활공간 겸 작업장이 필요했을 뿐이다. 이 돈으로 땅을 사고 집을 지으려니 시골이 적합했던 건데 사람들이 갸우뚱하게 바라보면 '우리가 잘못됐나?' 하고 같이 갸우뚱해졌다.

도르래로 간신히 창호를 들어 올려 휑뎅그렁하던 구멍에 끼워 넣고 우레탄폼으로 빈틈없이 테두리를 마감하니 드디어 완전한 실내가 됐다. 거실 창을 닫자 경운기 진동이 끊기고 바람이 멈추는데 바깥과 분리된 아늑함이 어찌나 감격스럽던지, 우리를 향한 평가와 우려와 습기와 벌레로부터 잠시 해방감을 느꼈다. 아니, 필요에 따라 여닫을 수 있는 자유를 느꼈다고 해야 정확하겠다.

'창 여닫는 게 이렇게 가슴 벅찰 일인가?'

너무도 당연한 행위를 거룩하게까지 여기는 내가 과하게

소박해서 웃음이 났다. 창을 열었다 닫았다 반복하다가 손
잡이를 올려 잠그고 배터리 충전하듯 고요히 앉아보았다.
땅 샀을 때, 기초공사 완료했을 때, 벽 세웠을 때, 지붕 얹었
을 때, 전기 들어왔을 때, 지나온 과정을 떠올리니 우리 스스
로가 대견하고 앞으로도 잘해낼 거라는 용기가 생겼다. 서
둘러 입주하고 싶은 마음은 주방 인테리어를 어떻게 할까
쪽으로 흘렀다.

"저러다 쓰러지겠네. 사알사알 혀. 살살."
이웃 밭 할아버지는 집 짓는 게 힘들어 보였는지 부지런
히 움직이는 남편을 볼 때마다 말리셨다.
"어르신도 참, 나는 1분 1초가 아까운데 왜 자꾸 쉬라고
하시는지, 이게 신나게 노는 건데
말이야."

어르신은 고생이라 하지만
본인은 놀이라 했다. 남편은
맞닥뜨린 문제를 해결하는
데서 오는 희열감과 하나씩
완결해나가며 얻는 뿌듯한
보상을 게임 중독에 비유했다.

그런 남편도 고개를 절레절레 흔든 과정이 있는데 바로 외벽 미장이었다. 이 일은 마치 시간제한이 있는 마라톤과도 같았다.

"외벽 방수 미장은 무슨 일이 있어도 장마 전까지 꼭 끝내야 해."

남편은 외벽 미장을 앞두고 야심차게 모든 휴일과 여름휴가를 앞당겨 보름의 시간을 확보했다. 질척하게 반죽한 외장재를 한 손 한 손 떠서 흐르지 않도록 벽에 붙여 바르는 미장은 수작업의 결정판이자 인고의 완성판이었다. 그걸 초벌과 재벌 두 차례에 걸쳐 하는 것도 보통 일이 아닌데 착수 전 준비 과정도 만만찮았다. 집 주변 땅이 비탈져서 2층 높이의 바퀴 달린 간이구조물을 자유자재로 끌고 다니기가 위험했던 것이다. 먼저 외벽 주위를 데크로 두르기 위해 퇴근하고 새벽 늦게까지 무수한 용접과 못질을 한 남편은 한 달 만에 완결의 기쁨을 안고 허리 통증과 몸살로 앓아누워버렸다.

"이제 하기만 하면 돼!"

미장을 위한 모든 준비를 마치고 첫 손을 뜨던 날, 호기롭게 시작했는데 생각지 못한 문제가 있었다. 어느새 여름이 온 것이다. 아침부터 내리쬐는 뜨거운 볕에 눈과 등짝이 타 들어갈 것 같았고 해 질 녘에는 모기와 참새만 한 나방이 달려들어 괴롭혔다. 그뿐인가. 외장재의 유분 흡수 기능이 강력해서인지 장갑을 껴도 손바닥이 건조하다 못해 피부가 벗겨졌다. 그러나 이런 건 문제도 아니었다. 버섯농장에서 다쳤던 남편의 손목에 무리가 가고 말았다. 병원에서는 쉬어야 한다는데 장마가 코앞으로 다가왔으니 손목 보호대를 더욱 조이는 것 외에 달리 방법이 없었다. 짙은 먹구름이 몰려오던 날 남편은 미소를 띠며 장렬히 전사했다.

장마가 지나고 시작된 폭염은 사람까지 녹여버릴 듯 기승을 부렸다. 외벽 미장 초벌은 마쳤으니 무리했던 손목에도 휴식을 줄 겸 더위가 한풀 꺾일 때까지 집 짓기는 쉬어가기로 했다. 잠시 멈춘다 해도 조금 늦어질 뿐 문제될 건없었다.

그때의 우리를 떠올리면 남편은 리어카를 끌고 나는 그 뒤를 밀면서 풀숲을 헤치고 가는 모습이 그려진다. 걷다가 숨이 턱까지 찰 만큼 힘들면 멈춰도 되는 삶에서 진정한 안정을 느꼈다. 속도 면에서야 자동차로 고속도로를 달리는

것에 비하면 느려도 너무 느렸지만 한 발 내디딜 때마다 새
로운 발견이었던 우리의 하루는 아이의 시간처럼 길었다.

나는 실제로 행동과 말과 판단이 느린 사람이다. 살면서
가장 고통스러웠던 때를 꼽으라면 대학 때 친구 대타로 사
흘 일했던 마트 캐셔 아르바이트가 떠오를 정도다. 끊임없
이 밀려오는 손님을 바로바로 응대하고 빨리빨리 일처리를
하기가 어찌나 어렵던지. 그랬기에 평균의 삶에 맞추기보다
내 속도에 집중하는 편이 나에게 훨씬 잘 맞는 옷인 건 진즉
부터 알고 있었다.

"좀 느리면 어때? 대신 재미있잖아."

완성되어가는 집과 함께 우리가 선택한 가치도 점점 확고
해져갔다.

무화과는 벌도 나비도 없이

"남편 없어서 어떻게 잘 잤니? 무섭지 않았고? 심심하지 않겠어? 오늘 수업 없어도 혼자 있지 말고 작업실에 가 있어."

남편이 서울로 출장 간 지 이틀째, 아침부터 어머니가 안부 전화를 하셨다. 어머니는 시골 마을에 혼자 남겨진 며느리 걱정으로 가득하신데 내 머릿속은 장대와 감 생각으로 가득했다. 어머니와 통화를 마치고 서둘러 마당으로 나갔다.

흙집 마당에는 가로등보다 큰 단감나무가 있는데 그해 봄에 감꽃차 만드느라 꽃을 많이 따서 그런지 감이 유난히 실하고 달았다. 나무 아래를 왔다 갔다 하면서 손에 닿는 대로 따 먹었더니 저 위에 것만 남아 입맛만 다시고 있던 차에 불현듯 일본 영화 〈리틀 포레스트〉의 한 장면이 떠올랐다. '그

래, 만들어보자.'

키 크고 다부진 대나무를 골라 밑동을 톱으로 잘랐다. 낫으로 가지와 줄기 끝을 쳐낸 뒤 대나무 끝 단면의 중앙을 갈라 틈을 냈다. 마지막으로 더 벌어지지 않도록 끝에서 한 뼘 아래를 끈으로 단단히 조였다.

'얼마나 잘 만들었는지 볼까?' 장대를 높이 들자 모세의 기적처럼 감잎들이 길을 터줬다. 고도의 집중력을 발휘해 목표물을 향해 돌진, 감 달린 나뭇가지를 장대 끝 쪼개진 틈으로 밀어 넣었다. 이때 가지를 장대 틈 사이 끝까지 꽉 밀어 넣는 것이 중요하다. 그대로 장대를 비틀며 돌리니 감 달린 나뭇가지가 쉽게 끊어졌다. 큼직한 감이 손에 쥐어질 때마다 '와하하하!' 소리가 절로 났다. 낚시꾼이 말하는 손맛이 이런 걸까? 감 몇 개를 챙겨서 집 짓는 현장으로 출근했다.

그날 대나무 장대와 함께 내 손을 거친 도구는 스크래퍼와 평잡이(손잡이 사포). 실내 미장이 시작되면서 청소만 하던 신입에게도 드디어 할 일이 주어진 것이다. 내벽 미장재는 입자가 고운 데다가 얇게 발라야 해서 작은 요철도 적나라하게 보였다. 그래서 사전에 튀어나온 벽돌이나 우레탄폼을 제거해야 했다. 라디오를 켜고 스크래퍼 칼날을 새것으로 갈아 끼운 뒤 사다리를 타고 올라 벽돌 틈에서 삐져나온 우레탄폼을 잘라냈다. 칼날이 무뎌질 즈음 배가 출출해져서 감을 들고 데크로 나가 앉았다. 대낮의 마을은 무척이나 고요했다. 산을 마주하고 감을 한입 크게 베어 우적우적 먹고 있자니 그 소리에 띠용이가 나타나 야옹~ 하고 반겼다.

나비를 쫓는 띠용이를 쓰다듬어주고 감 하나를 더 씻어와 입으로 가져가려는 찰나 전화벨이 울렸다.

"심심하지? 남편도 없는데 뭐하고 있나 해서. 뭐? 감을 데크에서? 등 뒤에서 괴한이라도 나타나면 어쩌려고 거기 혼자 있는 거야. 어서 집으로 들어가 문 잠그고 있어."

며느리 걱정이 떠나지 않았는지 어머니가 또 전화를 주셨다. 불안해하는 어머니를 안심시켜드리고 통화를 마치니 등 뒤에서 띠용이가 나를 스윽 스치고 지나갔다.

감을 마저 먹고 들어가 이번에는 평잡이로 초벌 미장한 벽면을 다듬었다. 팔은 아파도 '이걸 다 했어?' 하고 놀랄 남편 얼굴을 떠올리면 앞서 뿌듯했다. 한 시간짜리 팟캐스트 세 편을 연속으로 들으니 평잡이에 끼운 사포가 쓸모를 다하고 백구들이 왈왈 짖었다. 어르신들의 활동 시간이 도래했다는 알림이자 백구들 산책할 때라는 신호였다.

뒷산 오르는 길에 보이는 밭마다 들깨 수확이 한창이었

다. 몇 시간이고 구부리고 앉아 홀로 밭을 일구시는 어르신의 뒷모습은 적적하고 고단해 보였지만 그 안에는 누구에게도 의지하지 않고 '나 먹을 거 하나는 내가 지어 먹는다'는 단단함이 있었다. 백구와 산책을 마치고 들어오는 길에 우리 땅 경계에 심어둔 무화과나무 쪽에 들렀다.

항아리형으로 농익은 꽃받침을 반으로 가르면 펼쳐지는 꽃에 심장 박동이 빨라진다. 동그란 테두리를 빙 둘러 빽빽하게 난 촉수 같은 것들이 일제히 중앙을 향하고 있는데 암적색의 진득한 꿀로 절여져 윤기가 자르르 흐르니 살아 움직이는가 싶다. 말쑥한 겉모습과 다른 황홀하고도 찬란한 속내를 본다면 누구라도 홀려서 한참을 들여다볼 수밖에 없다. 꽃 자체가 과실인 무화과, 무화과는 벌과 나비의 도움 없이 꽃 스스로 단맛을 낸다. 어쩐지 병충해를 잘 견디고 강단지다 했다. 보드라운 감촉에 자꾸만 손이 가고, 손에 넣었다 하면 입으로 가져가지 않을 도리가 없다. 입에 들어가자마자 씹을 새도 없이 아득한 단맛을 남기고 순식간에 사르르 목구멍으로 넘어가버리니 먹고 있어도 먹고 싶다.

우리 땅 경계에 심어둔 여섯 그루의 무화과나무 덕에 한여름부터 늦가을까지 무화과를 실컷 즐겼다. 남편이 근무

했던 버섯농장의 무화과나무를 삽목해서 크게 길러낸 거라 내게는 각별하다.

무화과로 요기하고 다시 평잡이를 잡았다. 사포를 갈아 끼우는데 어머니로부터 또다시 전화가 왔다.

"별일 없지? 누가 해코지한 건 아닌가 해서. 친구도 없는 데서 분명 심심할 텐데 남편 없다고 혼자 울고 있는 거 아니지?"

"울긴요. 심심할 틈 없이 재미있게 잘 지내고 있어요."

누군가는 쇼핑몰도 영화관도 친구도 아무것도 없는 시골에서 어떻게 심심하지 않을 수 있는지 의아해한다. 나는 타고난 집순이다. 시끄럽고 사람 많은 곳에서는 이유 없이 시들시들해지는 탓에 홍대 앞에 살면서도 외출해야 하면 공원이나 하천가로 빙 돌아 나갔다. 그림, 산책, 사색, 요가, 수영처럼 혼자 보내는 시간이 내게는 더 충만했다. 더구나 시골에는 아무것도 없어서 오히려 심심하고 싶어도 심심할 수가 없다. 없는 걸 채워가며 모든 걸 스스로 해야 하니 몸이 바쁘다.

그날 밤, 이불 속에 들어가 그날 찍은 사진을 정리해서 블로그에 기록하려니 '어머니께서 전화할 때가 됐는데' 싶었다. 그 순간 여지없이 전화벨이 울렸다.

"집에 잘 들어갔고? 남편 없다고 저녁 굶고 있는 거 아닌가 해서."

"네, 저녁밥 많이 먹고 잘 있으니 염려 마세요."

"남편도 안 보고 싶어? 넌 어떻게 된 게 멀리 간 남편 보고 싶다는 말 한번을 않니?"

어머니의 걱정은 남편 없이도 잘 살 수 있는 게 정상인지, 부부 사이에 문제 있는 건 아닌지에까지 도달한 듯했다.

"어머니 걱정하실까 봐 그랬죠. 사실은 하루 종일 남편이 보고 싶어서 아무 일도 손에 잡히지 않았어요."

남편과의 애정 전선에 문제가 없는 걸 확인한 어머니는 그제야 안심하고 전화를 끊으셨다. 어머니께서는 당신이 흡족할 만한 대답을 기어코 받아내셨지만 나비나 벌 없이도 튼실한 열매를 맺는 무화과처럼 나 역시 스스로 온전히 서고 싶은 바람이 내심 어딘가에는 자리하고 있다. 아, 물론 시골살이에 남편은 없는 것보다 있는 편이 훨씬 든든하지만.

대체불가, 고요한 크리스마스

　반년에 걸쳐 미장을 마치니 겨울이 되었다. 다시 찾아온 크리스마스이브, SNS 속 사람들은 와인 잔을 기울이고 케이크와 슈톨렌을 자르는 등 하나같이 화려한 파티에 여념이 없었다. 하지만 종교가 없는 내게 크리스마스는 집 짓기를 더 많이 할 수 있는 반가운 공휴일일 뿐이다.

　연말이다 크리스마스다 세상은 떠들썩한데 모든 생명이 동면에 들어간 시골의 겨울밤은 진공상태처럼 고요했다. 땅과 하늘의 경계도 묻어버린 어둠과 쏟아지는 별을 독차지하는 건 아직도 가장 애정을 품는 시골의 정취다.

　평소처럼 백구들과 야간 산책을 마치고 집 짓는 현장으로 발길을 돌렸다. 실내에 들어서니 남편이 데워놓은 온기로 마음이 느긋해졌다. '이거 참 기특하네.' 소형 가스통에 연통을 달아 대충 만든 난로가 제 역할을 톡톡히 하고 있었다. 지난겨울 실컷 쓰고서 폐기물 더미에 던져버린 난로, 다시 볼 일 없을 줄 알았는데 이렇게 또 만났다. 그나저나 이제 곧 버튼 하나 누르면 바닥이 뜨끈뜨끈해지고 공기가 훈훈해지는 건가? 고통 없이 겨울을 날 수 있는 건가?

흙집에서는 속담으로만 들었던 황소바람을 뼈가 시리게 체험할 수 있었다. 방바닥은 절절 끓어도 창틀에서, 벽에서, 천장에서 찬바람을 뿜어대니 이불 밖으로 손을 꺼내는 건 여간 위험한 일이 아니었다. 단열이 짱짱한 새 집에 보일러까지 설치하면 얼마나 따뜻하고 아늑할지, 밖이 아무리 춥다 해도 두렵지 않을 것 같았다.

혼자 집 짓기를 한마디로 말해보라 하면 '산 너머 산'이라고 대답하겠다. 요령을 터득할라 치면 또 다른 요령을 쌓아야 하고 때로 공부도 해야 하니 남편은 2년이 되도록 만년 초보였다. 하나의 공정만 해도 오랜 노하우가 쌓인 전문가가 따로 있고 미장 같은 건 전문가라도 혼자 하기 만만치 않다. 그걸 배운 적 없는 사람이 하려니 번번이 계획보다 늦어질 수밖에 없었다. 실수하면 돌이킬 수 없다는 생각에 매번 돌다리도 두드리며 건넜는데 바닥 단열에 있어서는 더더욱 그래 보였다.

복층 난로 앞에 놓인 낚시 의자에 앉아 꺼져가는 화염 속에 땔감 하나를 던져 넣고 아래를 내려다봤다. 직각자와 줄자에 둘러싸인 남편이 바닥에 쪼그려 앉아 정확히 재단한 단열재를 빈틈없이 끼워 넣고 있다. 앞으로 보일러관도 설치해야 하고 바닥 미장도 해야 하는데 단열재를 제대로 알고 사 오는 일부터가 수월치 않아서 단열 작업을 끝내는 데만 꼬박 2주가 걸렸다.

읍내 건재상에서 흑연 섞인 회색 스티로폼을 트럭 한가득 사 왔을 때였다.

"혹시나 했는데 이럴 수가! 이건 3등급이 확실해. 환불해야겠어!"

남편은 체중계에서 스티로폼을 내려 트럭에 도로 실으며 부글부글 끓어오르는 화를 애써 눌렀다. 10센티미터 두께의 남편 키만 한 스티로폼 하나는 3.8킬로그램으로 1등급보다 무게가 1킬로그램 부족했다. ㉛ 인증마크가 인쇄된 스티커에도 분명 1등급이라고 쓰여 있었지만 무게로 봐서는 한 단계도 아닌 두 단계 낮은 3등급이 분명했다. 열손실이 가장 두려웠던 우리는 창을 최소한으로 낼 정도로 단열을 최우선에 뒀기에 단열재도 성능이 가장 좋은 1등급이어야 했다. 건너 들기로 1등급은 손가락으로 눌렀을 때 들어가지 않는다던데 이건 누르는 대로 자국이 남았다. 아무래도 의심이 가 체중계까지 사 와서 무게를 재본 것이다.

읍내 건재상은 토요일에 전화 업무는 하지 않았고 영업을 일찍 마감한 터였다. 그걸 모르고 찾아갔다가 소득 없이 돌아온 남편은 쌓여 있는 스티로폼 앞에 털썩 주저앉아 씩씩댔다. 스티로폼에 붙은 'Ⓚ 인증마크 1등급' 스티커를 한참 노려보던 남편은 분을 삭이다 못해 핸드폰을 꺼내 인증마크 아래의 전화번호를 눌렀다.

"안녕하세요? 정직과 최선을 다하는 ○○스티로폼입니다."

정직과 최선을 슬로건으로 내세우는 통화 연결음이 반복해서 울리고 직원이 수화기를 들었다.

"건재상 통해서 단열재 1등급을 주문했는데 3등급 무게네요? 어떻게 된 거죠?"

"아…… 그러셨어요? 그런데 지금 담당자가 없어서요."

직원은 놀람도 망설임도 없이 사건에서 빠져나갔고 주말에 바닥 단열 작업을 바짝 하려던 남편의 계획은 무산됐다.

주말 지나서 건재상에 다시 찾아갔을 때는 '환불해드릴 테니 놓고 가세요' 한마디뿐이었다. 건재상 담당자 역시 당황하거나 부끄러운 기색이 없었다. 건재상과 스티로폼 취급소, 누구도 잘못하지 않은 얼굴인데 어디에 책임을 물어야 할까? 업계에서는 낮은 등급을 1등급으로 취급하는 걸 두고 관행이라고 했다. 그래서 판매처나 공급처나 새삼 뭘 그러느냐는 반응이었던 것이다.

남편은 직접 보고 사야겠다며 광주에 있는 스티로폼 취급소 몇 곳을 찾아갔다.

"제대로 된 1등급 구할 수 있을까요?"

"1등급이요? 그건 관공서에서나 쓰지 시중에는 없을 거예요."

"제 집 짓는데 3등급은 도저히 못 쓰겠어서요. 다른 방법이 없을까요?"

"음……. 비싸서 그렇지 있긴 하죠."

대부분의 취급소에서는 '없다'는 말로 일축했지만 다행히 호의적인 사장님을 만나서 방법을 찾았다. 1등급보다 강도와 단열성능이 더 우수한 분홍색의 압축 스티로폼에 하얀색 일반 스티로폼을 한 겹 더 얹는 방식이었다.

'1등급이나 3등급이나 단열 차이 크게 나지도 않는다.' '가격에 맞는 물건인데 뭐가 문제냐.' '가격 보면 몇 등급인지 모르냐.' '원래 스티커나 시험성적서는 사는 사람이 원하는 대로 써주는 것이다.' 누군가는 남편을 뭣도 모르는 어리석 은 애송이라 비웃었을 수도 있고 이미 다른 자재에서 같은 방식으로 속았을지도 모르겠다.

"단열재는 업계 사람만 사라는 거야? 관행이면 다 옳아? 아닌 건 아닌 거지 대다수가 그렇다 해서 내가 거기에 맞출 수는 없어. 그렇게 적당히 넘길 거면 직접 짓는 게 무슨 의미 야. 몰랐으면 모를까 안 이상 나는 그렇게 하기 싫어."

집 짓기 커뮤니티에서 유사 사례 게시글을 찾아봤다. 보 통은 이쪽 업계 전문가가 그렇다고 하니까 그런가 보다 하 고 수긍하는 분위기였다. 글을 찾아보는 잠깐 사이에 나도 그런 경향에 젖어들었는지 역정 내는 남편이 지나친 건가 헷갈렸다.

타탁타닥 장작 타는 소리 위에 고구마를 올려놓았다. 흔 들리는 불꽃을 멍하니 보다가 이따금 고구마를 이리저리 뒤 집었다. 달콤한 군고구마를 한입 가득 베어 먹으며 이런 날 누구의 방해도 무엇의 제약도 없이 집 짓기에 전념할 수 있 다는 생각을 하니 무엇으로도 대체 불가능한 만족감이 몰려왔다. 이곳에 오지 않았더라면 친구와 가족 틈에서 휩쓸리듯 어색한 미소를 짓고 있었을지 모를 일이다.

"다 했다!"

꼼꼼하게 단열 작업을 마친 남편은 피곤한 허리를 눕히고 흡족한 표정을 지었다. '고요한 밤~ 거룩한 밤~' 나는 눈 내리는 창밖을 보며 흥얼거렸다. 완벽하게 고요하고 거룩한 밤이다.

난생처음 내 집과 생애 마지막 퇴사

7

유채꽃축제 기간이면 남편이 데려다준다는 것도 마다하고 일부러 버스로 출근했다. 버스는 늘 그랬다는 듯 무심하게 월출산을 휘돌아 유채밭을 가로질렀다. 내가 읍내를 드나드는 시간에는 버스 이용객도 행락객도 드물었다. 덜컹거리는 버스 창에 기대 하릴없이 풍경을 보고 있자면 나도 잠시 여행자가 됐다. 그러면 그때부터 그냥 그랬던 노란색이 형광 노란빛, 노른자 빛으로 시시각각 달리 보였다. 하나의 노랑으로 정의할 수 없는 탁 트인 그 광경이 좋았다.

제비꽃, 냉이꽃, 갓꽃, 개양귀비. 버스에서 내려 집까지 걸을 때도 걸음마다 꽃이 이어졌다. 흙집 마당에 들어서니 돌 틈에서 굽은 등을 펴지 못하는 할미꽃이 보였다. 돌을 들춰

주자 새끼 지네가 후다닥 달아난다. 아차, 잊고 있었다. 곧 여름이 올 거라는 걸. 안 돼! 이 집에서 세 번째 여름을 날 수는 없어! 정신이 번쩍 났다.

겨우내 보일러와 바닥 미장 작업에 기력을 다 소진한 건지 춘곤증이 쏟아지는 건지 그해 봄의 우리는 유난히 병든 닭처럼 비실댔다. 집 짓기는 영 속도가 나지 않았다. 그래도 멈추지 않고 남편은 화장실 방수 작업을, 나는 내벽 페인트칠을 했다.

우리가 사용한 경량 기포 콘크리트 벽돌은 습도 높은 날 습기를 빨아들였다가 습도가 낮은 날 배출하는 특성이 있어서 코팅된 벽지보다는 통기성 있는 한지나 페인트로 마감해야 했다. 별다른 기술 없이 롤러로 밀기만 하면 되는 페인트칠은 초보에게도 수월했지만 미장 자국이 여실히 드러나 추가로 요철을 갈고 메워야 했다. '페인트칠이 끝나면 바닥에 마루를 깔 수 있고 그러면 여름 전에 입주하는 건가?' 저 멀리 결승선이 보였다.

"어? 이쪽 벽은 다 끝낸 건데 또 해?"

"파인 곳이 너무 잘 보이잖아. 그게 어째서 완성이야?"

"아휴⋯⋯."

내 딴에는 마침표를 찍은 벽에 남편이 여기저기 퍼티를 덧발라놓았다. 그러면 나는 평잡이로 또 면을 정리하고 재차 페인트칠을 해야 했다.

어버이날, 가족 행사, 출장, 이어지는 서울행에 남편이 무리를 했는지 장염에 걸려버렸다. 그 이후로도 쉬지 못해 연일 시름시름하다가 역류성 식도염까지 도졌다. 그러니 컨디션이 좋지 않아 퇴근하고 그냥 누워버리는 날이 잦았다. 마음은 급한데 몸은 따라주지 않고 작업은 제자리걸음을 크게 벗어나지 못한 그 시기는 한마디로 늘어난 고무줄 같았다.

신기하게 주말마다 비가 쏟아졌다. 야외 작업은 밀리고 기온까지 올라 미리 사둔 나무 자재에 곰팡이가 슬었다. 곧 정화조를 묻을 줄 알고 준비해둔 시멘트도 굳어서 못 쓰게 됐다. 모래는 일부 쓸려가거나 동네 고양이의 화장실이 되었다. 어느 날은 출근한 남편을 대신해 내가 정과 망치를 들었다. 웅크리고 앉아 바닥과 벽이 만나는 선에 불규칙하게 튀어나온 시멘트를 깨서 직각을 찾는, 별것 아닌 일을 이틀 하고서 팔과 허리 근육이 파업해버렸다. 남편은 이보다 더한 일을 매일 해왔으니 몸이 고장 날 법도 했다.

다음 날은 아침부터 수업이 있었다. 남편 출근길에 얻어 탈 요량으로 물 먹은 스펀지 같은 몸을 차에 실었다.

"당신이 출근 안 하면 좋겠어."

"그래, 그렇게 하자."

푸념처럼 던진 내 말을 남편은 기다렸다는 듯 덥석 물었다. 일터에서는 근로계약이 끝나가던 차에 연장 얘기가 오가고 있었고, 내 화실에는 회원이 많이 느는 터라 타이밍이 맞았다. 집 짓는 데 필요한 자금조달을 위해 잠깐 다니려던 일을 2년 가까이 했으니 관둔다 해도 이상할 게 없었다. 아니, 남편의 회복을 위해 그러는 게 옳았다. 집 짓기를 이어가도록 도와준 직장이라 감사한 마음으로 다녔지만, 더 이상은 쌓이지 않는 시간을 흘러가게 둘 수 없었다. 우리의 미래는 거기에 있지 않으니까.

백수가 된 순간부터 혈색이 좋아진 남편은 족쇄라도 풀린 듯 바닥을 통통 튕기며 집 짓는 현장으로 달려갔다. 그 뒷모습에 기대와 설렘이 아지랑이처럼 피어올랐다. 그 모든 잔병은 꾀병이었나? 꾀병이면 뭐 어떠랴 저렇게 생기가 도는데.

'네가 웃으면 나도 좋아.'

뒷일은 모르겠지만 일단 기쁨의 축배를 들었다.

남편이 집 짓기에 전력투구하자 집 짓는 속도가 급속도로 빨라졌다. 계단, 세면대, 변기, 정화조 설치를 끝내고 드디어 그렇게 바라던 바닥 마루 시공할 차례가 되었다.

"이 속도라면 6월에 입주할 수 있을까?"

"그렇게 되게 해야지!"

나에게도 생기로운 아지랑이가 감돌았다.

남편과 함께 바닥재를 한 장씩 끼워 맞추며 물었다.

"다시 직장 다닐 수 있겠어?"

"글쎄."

"연봉이 1억이라면?"

"음……. 그래도 더는 직장에 못 다니겠어."

"왜?"

"설명하기 복잡한데. 그건 스무 살로 돌아가는 대신 다시 군대 가는 것과 같아."

남편은 완성한 마루에 누워 몸을 데굴데굴 굴렸다. 나도 몸을 굴려 남편 옆에 누웠다. 누군가 '2년 전으로 돌아가는 대신 다시 집 지을래?' 하고 묻는다면 음…… 군대는 가보지 않았지만 그 기분을 알 것도 같았다.

바닥이 피곤한 허리와 등을 끌어당겨서 몸이 일으켜지지

않았다. 우리는 그 상태로 말없이 5분간 정지했다. 가만히 누워 생각했다. 이렇게 무방비로 몸을 눕힐 수 있는 바닥이 하늘 아래 또 있을까?

장마가 발뒤꿈치까지 쫓아왔을 때 가까스로 케케묵은 습기와 지네 소굴에서 뛰어내릴 수 있었다. 입주 첫날, 가구도 뭣도 없는 텅 빈 집에 덩그러니 이불만 깔고 누웠다. 차차 집을 어떻게 꾸밀지 그려보다가 남편에게 말을 걸었다.

"앞으로 뭐 할 거야?"

"생각해봐야지. 지금까지는 어쩌다 보니 흘러 흘러 할 수 있는 일을 해왔지만 이제부터는 내가 좋아하는 일을 찾아서 하고 싶어."

"그래, 흥미 따라 가봐. 이 집에서는 흘려보내지 않고 쌓이는 시간을 보내자."

우리에게 집 짓기는 '마이너스'를 '0'으로 만드는 과정이었다. 앞으로 '0' 위에 무엇을 더하게 될지 모르지만 정해진 답이 없는 그 가능성이 좋았다.

4장

끝나지 않은
여행

"살아온 날들 중에 요즘이 제일 좋아.

단단한 땅속에 뿌리를 깊이 박고 서 있는 기분이야."

시골은 다정하고도 혹독하게 그리고 무심하면서도 강렬하게

'지금'을 '잘' 사는 방법을 알려줬다.

시골은 우리에게 스승이었다.

웅크리지 않고 파도에 몸을 맡기면

독일을 떠나면서 미처 정리하지 못한 한 가지가 있었다. 가까운 시일 내에 독일에 가서 마무리 짓고 간 김에 여행도 하고 싶었는데, 집 지을 땅을 마련하고 흙집으로 이사까지 마치고서야 겨우 여유를 낼 수 있었다.

도이체방크 계좌에는 베를린 월셋집 보증금이 고스란히 들어 있었다. 여행이든 뭐든 언젠가 독일에 갈 일이 있을 거라는 미련으로 그대로 둔 탓이다. 찜찜했던 미제 사건은 프랑크푸르트에 도착한 다음 날 허무하게도 단 몇 분 만에 마무리됐다.

"이제 뭐 할까?"

"주말이 세 번 끼어 있으니까 토, 일요일에는 플리마켓에 가고 평일에는 휴양지를 돌아보면 어때?"

출국 전날까지도 이사로 분주했던 터라 프랑크푸르트에 이틀간 머물 숙소를 정한 게 전부였다. 딱히 구체적인 여행 계획이 없으니 즉흥적으로 계획을 만들면서 이동했다. 우연히 발견한 베트남 음식점에 홀려 버스를 놓치면 다른 경로의 다음 버스를 탔다. 그러면 버스가 내려준 지역의 플리마켓을 찾아가고 그곳의 서점에서 마음이 가는 책을 사거나 호숫가를 거닐었다.

남편은 그런 여행에 노련했다. 아무런 준비도 대책도 없이 떠나 예측 못 한 일을 마주하고 해결하면서, 혹은 방향을 틀면서 생각지도 못한 새로움을 만나는 흥미진진한 여행. 지금은 나도 대책 없는 여행을 즐기게 됐지만, 그런 상황을 처음 마주했을 때는 지옥도 그런 지옥이 없었다.

전 세계 갤러리가 모이는 '아트 바젤 인 홍콩'이 열리던 때였다. 열흘간 남편을 따라 처음으로 홍콩에 갔다. 남편은 근무하는 갤러리의 전시기획 및 설치감독 업무로 참가했다. 보통 이런 행사에서는 일반공개 전에 컬렉터, 작가, 전시 관계자를 위한 VIP 오프닝을 따로 연다. 각 갤러리마다 선보인 작품은 그냥 봐도 남다른 존재감을 풍겼지만 한산한 분위기가 몰입감을 더욱 높였다. 패션쇼를 방불케 하는 외국인들의 복장에 어쩌면 작품 구경보다 사람 구경에 더 신났던 건지도 모르겠다.

바쁘게 두리번거리던 와중에 저 멀리서 다가오는 낯익은 얼굴에 시선이 꽂혔다. '갖춰 입은 슈트에 빗어 넘긴 머리를 한 저런 사람을 내가 알 리가 없는데 어디서 봤더라?' 상대편도 내 눈동자에 시선을 고정한 채 걸어오고 있었다. 서로 '누구지?' 하는 눈빛으로 갸우뚱하다가 스쳐 지나갔는데, 세상에! 배우 이정재였다. 달려가서 악수라도 청해야 했는데 이미 늦었다. 아쉬움을 접고 다음 블록으로 넘어가는데 또 아는 얼굴을 마주쳤다.

"네가 여기에 왜 있어? 무슨 일로?"

콧대를 높이 들고 눈을 내리깐 일행 중 하나가 먼저 말을 걸어왔다. 다른 갤러리 직원으로 있는 학교 동기인데 동료들과 관람 겸 여행을 온 모양이었다.

"어어, 그러게."

나는 멋쩍게 웃으며 그녀와 헤어졌다. 아무래도 VIP와 나는 어울리지 않긴 했다. 다리도 아프고 나머지는 나중에 보면 되니까 남편에게는 호텔에 먼저 가 있겠다고 하고 초대받지 않은 손님은 서둘러 행사장을 빠져나왔다. 건물 밖으로 나가려면 에스컬레이터를 통해야 해서, 움직이는 계단으로 발을 옮기는데 웬 검은 양복 입은 남자 무리가 등으로 내 앞을 가렸다. 경호원처럼 보였는데 그들이 둘러싼 주인공은 빅뱅의 탑이었다. 회색으로 염색한 탑의 정수리를 보고 있자니 내가 마치 극성팬이라도 된 것 같았다. 행여 오해받을까 봐 뒷걸음으로 물러서면서 어쩐지 VIP가 가득한 이곳에서 이방인이 된 기분이었다.

"나 오늘 뭐 해?"

"그건 네가 알지. 뭘 하면 재미있을지 찾아다녀봐."

아침 일찍 남편이 행사장으로 출근하면 나는 망망대해에 버려진 기분으로 호텔을 나왔다. 뭔가로 끼니를 해결하고 어딘가로 가야 하는데 그걸 못해서 해가 누울 때까지 굶으며 호텔 인근을 배회했다. 그때는 할 수만 있으면 한국으로 돌아가고 싶었다. 한번은 버스정류장 옆에 화려하게 펼쳐진 군것질거리에 눈이 가 그중에 가장 무난해 보이는 갈색 빛 윤기 나는 밥을 골라 집었다. 약식처럼 달콤하고 쫀득할 거라는 생각으로 한입 크게 베어 물었는데 식도로 넘기지도 못하고 그 자리에서 바로 뱉어버렸다. 그 뒤로 어딜 가나 솔솔 풍기는 갈색 소스의 역한 냄새에 두통이 가시지 않았고 간판에 인쇄된 갈색 음식 사진만 봐도 저 깊은 곳에서 헛구역질이 올라왔다. 내가 무슨 죄를 지어서 돈까지 써가며 고통 속으로 걸어 들어가야 하는 걸까. 고역도 그런 고역이 없었다.

갈색 밥이 달콤할 거라는 믿음이 깨지자 여행은 순식간에 가시밭길로 바뀌었고 그 좌절감은 나를 그 자리에 주저앉혔다. 주저앉은 내 앞에 멋진 구경거리가 저절로 나타날 리 없으며, 그런 여행자는 아무도 환대해주지 않았다. 할 수 있는 거라고는 나를 이런 곳에 데려다놓은 남편을 원망하는 것뿐이었는데, 두 손 두 발 묶어서 데리고 온 것도 아닌지라 대놓고 화풀이도 못 했다.

그러면서도 호텔 벽만 보고 있자니 감옥에 갇힌 것 같아서 매일 나갔다. 그러다 조금씩 활동 영역이 넓어져 현지인이 많이 이용하는 듯한 재래시장에 발길이 닿았다. 늘어선 가게들을 먼발치에서 구경만 할 생각이었는데 허름한 식당에서 내뿜는 수증기와 맛있는 냄새에 저절로 걸음이 멈춰졌다. 무슨 용기가 났는지 넋이 나간 듯 식당 입구로 빨려 들어가 한자가 빼곡한 메뉴판을 들어 주인 할머니에게 아무거나 손가락으로 짚어 보였다.

잠시 후 받아 든 대접에는 맑은 국물에 청경채와 하얀 생선살이 가득 얹어진 국수가 담겨 있었다. 로또라도 맞은 듯 속으로 쾌재를 외치며 세상에서 가장 맛있는 국수를 먹었다. 국수 가격은 3천 원 정도로 홍콩에서도 무척 저렴한 편이었다. 그러고는 시장을 한 바퀴 돌면서 망고, 사과, 토마토, 오렌지, 바나나, 자두를 사서 들어왔다. 그다음 날은 버스로 한 시간 걸리는 해변에 가서 점심을 먹었다. 해변 끝에는 오래된 선착장과 영국 식민지 시대의 건물이 있었다. 사람들을 따라 그 옆의 초라한 사원에 들어갔다가 무심히 걸려 있는 2미터에 달하는 호랑이 가죽을 보고 경악해서 돌아왔다.

"오늘 내가 뭘 봤냐면!"

남편과 같이 갔으면 좋았을 텐데 혼자 보고 온 것이 미안해서 피로에 찌든 남편을 붙들고 열심히 설명했다.

"하필 나한테 길을 묻는 거야. 내가 현지인 같았나 봐."

지하철에서 방향을 묻는 중국인에게 길을 알려줬던 날은 어깨가 으쓱해서 호들갑을 떨었다.

새로운 환경에 적응하고 변화해가는 나를 발견하는 것은 큰 기쁨이었다. 두고두고 기억에 남는 기쁨은 나를 어떤 식으로든 변화시켰고, 그 변화는 파도를 만나야만 가능했다.

파도를 거스르고 이전의 나를 고집하면 재난을 피할 길이 없지만, 파도에 몸을 맡기며 즐기면 또 다른 나를 발견하는 길로 이어졌다.

내게는 시골살이 또한 파도가 이는 여행의 연속이다. 지금 나는 이 파도가 나를 어디로 데려다주려나, 하는 설레는 마음으로 몸을 송두리째 맡기고 있다. 그렇지만 이런 마음 역시 언제 깨질지 모를 일이다. 세상도 나조차도, 장담할 수 있는 건 아무것도 없으므로.

제 이야기는 제가 할게요

남편이 백수였을 때, 아니 유튜버였을 때라고 해야 하나. 유튜브 수입으로는 식비도 안 될 정도였지만 휴일, 밤낮 없이 영상 제작에 매진했으니 백수는 아니었다. 금전적 보상은 턱없이 부족했지만 사람들의 응원 댓글과 노력한 만큼 늘어나는 구독자 수만으로도 배가 불렀다. 영상 조회 수 기록 경신이 최대의 이슈였던 나날 중 평소보다 목소리 톤이 높아진 남편이 다급히 나를 불렀다.

"은는이가 계정 이메일 확인해봐. 방송국에서 연락 왔어."

"정말? 우리한테? 왜?"

'안녕하세요? ○○방송국의 취재작가 ○○입니다. 은는이가 님의 유튜브 채널에서 집 짓기 영상을 인상 깊게 보고 연

락 드립니다. 저희가 연락 드린 이유는 다름이 아니라⋯⋯.'

발신자는 평소 우리도 즐겨 보던 TV 프로그램의 작가였고 '나 혼자 짓는다'라는 주제로 혼자 집을 지은 사람들을 찾고 있는데, 그러니까 소재가 되어 출연해달라는 내용이었다. 남편과 내가 TV에 나오는 모습을 상상하니 견딜 수 없게 손발이 오그라들었다. 일어나지도 않은 일인데, 나를 향한 셀 수 없는 시선이 부담스러워서 이불 속으로 숨고 싶었다. 또한 그러고 있는 내가 웃겨서 문득문득 웃음이 터져 나왔다.

물론 TV에 출연할 생각은 없었기에 이럴까 저럴까 선택의 고민은 없었다. 다만 담당 작가의 마음이 상하지 않도록 관심에 대한 감사와 거절 의사가 담긴 장문의 답장을 보내느라 겨드랑이가 축축해질 뿐이었다. 그 후로 우리의 유튜브 채널이 성장하면서 각 방송국의 집 짓기나 시골 관련 프로그램 작가로부터 하루가 멀다 하고 출연 제안을 받았다.

집 지을 땅을 찾아 기약 없이 헤맬 때 나침반이 되어준 EBS 〈한국기행〉, 집 짓기라는 긴 터널 속에서 동무가 되어준 EBS 〈건축탐구 집〉, 어려서부터 봐온 KBS 〈인간극장〉, SBS 신규 예능프로그램 등. 한때는 우리에게 힘이 되어준 프로그램이지만 두 번 세 번씩 거듭 제안해오면 눈 꼭 감고

짧게 답하기도 했다. 그렇다고 모든 제안을 무턱대고 거절한 건 아니다. 건축 잡지 〈전원 속의 내 집〉과 이 책의 편집자 님 제안은 고민도 없이 그 자리에서 기꺼이 응했다.

나는 TV에 얼굴 내밀긴 부담스럽지만 출판은 재미있을 것 같다는 단순한 생각에 그렇게 한 것이었는데, 남편에게는 확고한 다른 이유가 있었다. 남편의 기준은 프로그램 시청률이나 인지도가 아닌 '주도권을 누가 쥐고 있는가?'였다. 이야기를 하는 사람은 누구나 청자를 의도하는 방향으로 끌고 가기 위해 사실을 확대하거나 축소할 수밖에 없고, 그런 술수는 설득과 주장에 있어서 불가피하다는 것도 안다. 그렇게 생각하면 리모컨을 쥐고 채널을 쉽사리 돌려버리는 시청자를 사로잡을 목적으로 우리 이야기가 어떻게 짜 맞춰질지, 신파의 주인공이 될지 영웅이 될지 혹은 측은한 젊음으로 비칠지, 우리 의도와 상관없이 어디로 흘러갈지 모를 일이었다. 보는 이에 따라 다양하게 해석되도록 열어두는 것도 좋고 제작 의도에 맞게 재해석되는 것도 좋지만 아무래도 우리는 TV 출연이 내키지 않았다.

"우리 얘기는 우리 스스로 해야 해."

남편은 제안이 들어올 때마다 자신에게 하는 듯한 다짐을 입 밖으로 소리 내 했다.

가벼운 마음으로 실험 삼아 시작한 유튜브였지만 우리를 알리는 창구를 스스로 개척해보자는 간절한 목적도 있었다.

"유튜브가 잘되면 내가 좋아하는 고구마를 길러 팔아볼까?"

"그것도 좋지. 일단은 우리 채널을 만들고 구독자를 모으면서 뭘 팔지 천천히 생각해보자."

하나의 브랜드가 '어디서 본 것 같은데?' 정도로 인지도를 쌓으려면 5억 이상의 홍보비가 든다고 한다. 그만큼의 돈을 벌어서 홍보에 쏟는다고 생각하면 내 생을 마감하기 전에 가능하기나 할까 싶게 까마득했다. 그러나 반대로 내 채널을 만들고 키우는 데 5억 가치만큼의 노력과 긴 시간이 걸린다고 여기면 조바심이 사그라들었다. 우리는 무엇을 팔지도 모르는 채 우리 생각과 삶의 방식을 드러내려 애썼다. 불특정 다수에게 '여기에 이런 사람들이 있다. 그게 우리다' 하고 알리려던 시도는 아마도 고립된 시골 마을에 살았기에 더욱 절실했는지도 모르겠다.

남편이 버섯농장을 퇴직하면서 다시 버섯과 연 맺을 일이 있을까 싶었는데 계약직으로 일하게 된 귀촌인 마을의 생산품목 중에 표고버섯이 있어서 버섯과 다시 조우했다. 첫 근무지였던 버섯농장은 연중무휴 대규모 공장 재배방식이라 안정적인 판로가 있었지만 귀촌인 마을의 소규모 버섯농장은 그렇지 못했다. 공기 깨끗한 깊은 골짜기 마을에서 통나무로 길러내는 버섯 품질이야 으뜸이었지만 판로 개척에 신경 쓰지 않아 관행처럼 농협 공판장으로 실려 나갔다. 그러면 헐값에 팔렸고 그것도 못 하는 날은 슬라이스, 건조되어 창고에 쌓였다. 지역 행사 때 직거래로 판매하긴 했어도 한시적일 뿐이었다.

"누가 알아주는 것도 아닌데 당신이 발 벗고 나설 것까지야……."

"특상품 중에서도 특특상품인데 최하 가격으로 넘기는 게 말도 안 되잖아. 너무 아까워."

남편은 본인 손으로 직접 길러낸 버섯이 변변한 대우도 못 받는 걸 보다 못해 서울에 계신 어머니 인맥을 동원해 직거래를 도왔고 시중 판매품보다 좋은 표고버섯을 저렴하게 산 소비자의 반응은 열렬했다. 하지만 그것 역시 일시적일 뿐, 이듬해 남편은 귀촌인 마을을 퇴사했고 남편도 궁극적인 해결책은 되어주지 못했다.

뉴스를 통해 배달음식 수수료가 또 올랐다는 소식을 들었다. 수수료는 누구 주머니로 들어가는 건지 플랫폼을 이용하는 소비자, 음식점, 배달원은 그전보다 살기가 더 힘들어졌다고 입을 모아 하소연했다. 각종 매체에서는 배달 플랫폼의 문제점을 지적하고 논란이 끊임없지만 어찌된 게 배달 음식 생태계는 날이 갈수록 탄탄해지는 듯하다.

여건상 나는 배달 플랫폼을 이용해본 적이 없지만, 대신 생산자와 소비자를 이어주는 플랫폼인 농협을 이용하고 있다. 시골은 농사에 관한 것은 말할 것도 없고 은행, 마트, 주유소, 보험, 장례식장까지 어딜 가나 농협 마크가 붙어 있어서 농민이 아니어도 여기에 사는 한 농협을 이용할 수밖에 없다. 그래서인지 이곳 어르신들의 농협에 대한 신뢰는 압도적이다. 농민 혼자 판로를 만들기는 역부족이라 중개 역할이 필요한 건 맞지만 그게 뭐든 하나의 플랫폼에 전적으로 의지하는 건 위험해 보인다. 그것이 '내 채널'이 중요한 이유다.

채널 이름에도 이런 우리의 바람이 담겨 있다. 어떤 단어라도 '은/는/이/가'를 만나면 주어로 완성된다. 다른 것에 나를 내맡기지 않고 스스로 만들어가는 삶을 지향하겠다는 다짐, 그리고 우리를 만나는 다른 이들도 그러하기를 바라는 마음이 가득하다.

친애하는 나의 작은 냉장고

9년 전 3개월 할부로 60만 원에 샀던 냉장고는 15만 원에 장흥의 어느 카페로 팔려나갔다. 그 냉장고는 내가 살던 호수아파트 단지 앞 하이마트에서 샀었다. 위는 냉동, 아래는 냉장, 그리고 가운데 작은 칸은 김치를 보관하면 딱 좋을 작은 냉장고는 표면이 스테인리스라 튼튼하고 유행과 상관없이 오래 쓸 것 같았다. 이민 가겠다고 살림을 정리하면서도 냉장고는 친정에 뒀었다. 이만큼 내 사상과 취향이 반영된 냉장고도 없을 거라며 흙집을 거쳐 새로 지은 집까지 분신처럼 함께 다녔다. 혹여 냉장고를 교체할 일이 생기더라도 '크기는 더 키우지 않으리라' 다짐했다.

스스로를 통제하려고 집 지을 때부터 아예 작은 냉장고 폭에 맞춰 자리를 냈는데 생각해보면 그건 큰 냉장고를 갖고 싶다는 심사에 대한 방어막이었다. 솔직히 나도 엄마처럼 큰 냉장고를 갖고 싶다. 그렇지만 이 욕망의 빗장이 풀리면 엄마처럼 한도 끝도 없이 저장하려 들까 봐 그게 두려웠다.

　수많은 방해공작으로부터 내 욕망의 빗장을 지켜내기란 쉽지 않았다.

　"엄마, 제발 조금만! 작년 김치가 아직도 많이 남았어."

　"그걸 여태 안 먹었어? 그까짓 김치 조금을 누구 코에 붙여! 사람이면 이 정도는 먹어야지."

　내가 아무리 말려도 엄마는 막무가내로 김치를 택배로 보내셨다. 주는 대로 받아라~, 너무 많다~, 냉장고 자리 없다~. 김장철만 되면 도돌이표처럼 벌이는 엄마와의 실랑이도 스트레스였다.

　"네가 하도 답답하게 굴어서 김치냉장고 사서 보냈다. 대리점 가서 제일 크고 비싼 걸로 골랐어. 내일모레 도착하니까 군소리 말고 김치 받아!"

　김치를 양껏 보내기 위한 엄마의 따뜻하다 못해 펄펄 끓는 마음에 나는 그만 머리를 감싸 쥐고 비명을 질렀다. 김치냉장고를 추가로 들이면 거실 한가운데 둘 수밖에 없는데 그 큰

걸 안고 살아갈 생각을 하니 끔찍했
다. 자식 이기는 부모 없다고 결국 엄
마는 김치냉장고 주문을 취소하셨
고 배은망덕하고 괘씸한 막내딸에
게 세상의 모든 원망을 퍼부으셨다.

　　"어머니, 더 들어갈 자리가 없어
요. 지금 충분해요. 그만 주세요."

　"거봐, 냉동고를 하나 사라니까. 시골에서는 냉장고가 여
러 대 있어야 해!"

　어머니도 손 큰 걸로는 엄마한테 지지 않으셨다. 코스트
코 회원인 어머니는 코스트코를 통째로 사서 보내셨다. 보
내주신 딸기잼은 병이 어찌나 큰지 냉장고의 4분의 1은 차
지해서 감히 열어볼 엄두도 나지 않았고, 먹는 속도가 보내
주시는 속도를 따라가지 못해 항상 유통기한에 쫓기듯 먹어
치워야 했다. 마트 없는 시골에서 굶어 죽을까 봐 사정없이
먹을 걸 보내주시는 양가 어머니들에게 합세해서 이웃 어르
신도 김치며 이런저런 반찬을 챙겨주셨다. 나도 텃밭을 일
구는 터라 저장할 거리가 자꾸 쌓여갔지만 뱉은 말이 있고
체면이 있지, 그렇다고 냉장고를 키우는 건 도저히 용납이
안 됐다.

혼자 사는 이웃 어르신 댁에 가보면 꼭 냉장고를 위한 외부 창고가 있었다. 그리고 어느 댁 저온창고는 우리 집 거실만 했다. 어르신은 재배한 걸 보관해야 하고 또 장 보러 자주 못 나가시니 틈만 나면 냉장고에 비축하신다. 하지만 알뜰한 어르신도 별수가 없나 보다. 문드러진 밤, 빙하가 된 홍시, 공룡고기, 돌이 된 떡, 전설이 된 장아찌 등을 자연으로 돌려보내기 위해 빨간 대야를 머리에 이고 산으로 오르시는 걸 종종 목격했다. 그걸 볼 때마다 나도 냉동고가 하나는 있어야 하지 않을까 하는 마음이 절로 접혔다.

친정엄마와 시어머니의 주방에는 양문형 냉장고 한 대, 김치냉장고 두 대가 기본이고 보조 냉동고가 하나 더 있다. 그런데도 새로 장을 봐 오면 넣을 자리가 없다고 한숨부터 쉬신다. 어려운 시절과 경제 부흥기를 지나온 어르신들의 냉장고에는 과거의 트라우마와 미래에 대한 걱정, 불안이 들어 있는 것 같았다. 엄마와 어머니의 과거와 미래가 가득 들어찬 내 작은 냉장고에도 당장 먹을 신선한 채소와 과일 넣을 자리가 없었다. '기필코 사양!'은 지금 당장의 내 행복을 위한 투쟁의 모토였다.

그렇게 굳건했던 다짐이 남편의 한마디에 허무하게 무너

졌다. 냉장고가 이따금 '우와왕~' 하고 모터 돌아가는 소리를 냈는데 천장 높은 집에서는 그 소리가 사방 벽을 때리고 오페라하우스처럼 울려 자다가도 신경 쓰인다고 했다. 같이 사는 사람의 의견을 묵살할 수 없으니 못 이기는 척 동의했다.

"그렇다는데 뭐 어쩔 수 없지. 요즘 냉장고는 조용하대?"

"당연하지. 이게 원래 김치냉장고인데 1인 가정에서는 아래 서랍 두 칸은 김치냉장고로 쓰고 위에 양문형은 각각 냉장, 냉동으로 쓴대. 폭이 좁아서 우리 집 냉장고 자리에도 맞을 거야. 신모델인 데다 마침 할인 중이지 뭐야. 이 가격 다시는 못 만날걸? 빨리 사야 해."

홈쇼핑 쇼호스트 같은 남편 말에 홀려서 실물 볼 거 없이 인터넷 쇼핑몰에서 바로 주문했다. 더욱이 때는 김장철을 앞두고 있었다. 이 정도면 엄마와 옥신각신 안 해도 되고 맛있는 김치를 오래 먹겠다는 기대까지 됐다. 빗장이 스르르 풀리는 위태로운 순간이었다.

며칠 뒤 냉장고가 도착했다. 남편과 나는 경건한 마음으로 비닐을 떼고 설레는 마음으로 냉장고 문을 활짝 열었다.

"뭐야! 냉장 공간이 왜 이리 작아. 원래 쓰던 냉장고보다 어째 더 좁은 것 같지 않아?"

"그러네. 비닐 떼서 환불도 안 되고 어쩌지? 근데…… 너

.
212

작은 냉장고 좋아하잖아. 잘됐네!"

"그래도 물통이 안 들어가면 어쩌라는 거야! 너무해!"

실물을 보지 않고 주문한 게 화근이었다. 이왕 새로 샀으니 전보다 조금은 여유 있게 쓰고 싶었는데 빗장을 걸어도 너무 꽉 걸게 생겼다.

한동안 냉장고 잘못 고른 얘기를 꺼내 남편을 괴롭혔다. 오늘도 과거의 일을 식탁으로 가져와 불행을 곱씹고 일어나지도 않은 미래의 걱정을 끌어다가 불안을 자초했다. 그럴 때면 나는 밖으로 나간다. 산들바람에 구름이 사라지고 토란잎에 맺힌 이슬이 구슬처럼 굴러 떨어진다. 흐르는 도랑물에 정신없이 쓸려가는 낙엽을 보면서 지금 이 순간을 어떻게 살아야 할지 생각해본다. 현재는 과거가 되고 미래는 곧 현재가 된다. 지금 행복해야 과거도 미래도 행복하겠구나.

돌아오는 길에 텃밭에서 토마토, 부추, 상추, 오이를 따서 냉장고에 넣어두었다. 오래 보관할 수도 너무 많이 쟁여둘 수도 없는 나의 작은 냉장고는 현재를 살겠다는 의지이자 나를 가다듬는 도구가 되었다.

그때는 맞고 지금은 틀리다

"이 녀석! 돌아갈 때 눈물 쏙 빼게 해주겠어!"

조카 혼자 우리 집에 놀러 오겠다는 소식에 남편은 단단히 벼렀다. 조카 우진이는 이모부만 보면 업히고 매달리는 걸로 부족해서 볼에 뽀뽀를 하는가 하면 헤어질 땐 아쉬움에 북받쳐 닭똥 같은 눈물을 뚝뚝 흘리던 아이다. 남편과 나는 꼬마 우진이를 회상하며 훈훈한 미소를 지었다.

초등학교 5학년 우진이는 오래전부터 이모부가 지었다는 집에 혼자 놀러 가는 게 작은 소망이었다. 2년 전부터 '이모네 집에 가 이것을 할 것이다'라는 제목으로 열 가지 항목의 버킷리스트까지 작성해두고 그날을 손꼽아 기다렸다. 버킷리스트에는 대나무 활 만들기, 냉이 구별하는 법 배우기, 동물들과 친구 하기, 배 타기, 캠프파이어 등 시골에 특화된 내용이 나열되어 있었다. 우리 집에 오기로 약속만 하면 무슨 일이 자꾸 생겨서 미뤄지다가 작년 초 개학을 나흘 앞두고서야 드디어 만날 수 있었다.

핑크빛 노을이 유난하던 날, 우진이는 나주 KTX역에 홀로 첫발을 디뎠다.

"앗! 우진이 안경 꼈네? 이제 너무 커서 못 알아보겠어."

마중 나간 이모부의 말에 마스크 위로 우진이의 빵빵한 볼이 봉긋 올라왔다. 하루가 다른 성장기에 사회적 거리두기로 오래 못 봤더니 그사이 키가 부쩍 자랐고 무척 포동포동해졌다. 우진이의 달라진 모습에서 아이에게 2년이란 얼마나 긴 시간인지가 느껴졌다.

다음 날 아침 6시, 우진이는 눈 뜨자마자 준비해 온 개 껌과 고양이 장난감을 들고 혼자 마당으로 나갔다.

"내가 왔다! 친구들아~."

우진이는 현관문을 열면서부터 개와 고양이를 불렀다. 거실 창에서 보니 환호성을 지르는 낯선 어린이의 목소리에 세 마리 고양이는 뿔뿔이 흩어져 숨어버렸고, 백구들은 으르렁거리며 경계했다. 고양이 장난감을 허공에 휘휘 젓던 우진이는 멋쩍어져서 집 안으로 들어왔다.

"개도 고양이도 저랑 놀아주지 않아요."

"그럼 나랑 대나무 활 만들기 할까?"

남편은 상심한 우진이를 데리고 집 뒤편 대나무숲으로 갔다. 적당한 대나무를 골라 자르고 쪼개 얇은 대를 만든 뒤 양 끝을 당겨 나일론 줄로 팽팽하게 묶었다. 우진이의 호기심까지 한껏 당겨졌다. 다른 대나무 끝을 뾰족하게 깎아 화살도 만들었다. 스티로폼에 매직으로 과녁을 그려 창고에 기대 세우니 양궁장이 됐다.

"한쪽 눈 감고 활시위를 당겨. 그리고 화살촉을 과녁 중앙에 맞추는 거야. 그렇지!"

우진이는 활시위에 기대를 싣고서 한껏 당겼다가 팅기듯 놓았다. 화살은 제법 멀리까지 날아가 과녁 귀퉁이에 꽂혔다. 그런데 활을 쏘고 주워 오길 반복하던 우진이 발걸음이 어째 점점 무거워졌다. 재미없어진 것이다.

"그러면 배 타러 가볼까? 네가 직접 노 젓는 거야."

우진이 기분을 눈치 챈 남편이

창고에서 배를 꺼냈다. 고무배에 에어펌프로 바람을 불어
넣자 꼬리와 의자가 펼쳐지고 우진이 마음도 부풀었다. 남
편은 그런 우진이를 흡족하게 바라봤다. 완성된 배를 차 위
에 묶어 옛 저수지로 갔다. 둘은 탐험가가 되어 마른 풀을 헤
치며 물가로 배를 끌고 갔다. 배 위에 올라탄 우진이는 둥실
거리는 물결에 신나 비명을 질렀다. 하지만 구명조끼에 장
화까지 신고 그렇게 거창하게 시작했는데 저수지 한 바퀴를
돌고는 10분도 안 돼 내리고 싶어 했다.

"이상하네. 어째서 금방 흥미를 잃을까? 왜지?"

바람이 빠져나가는 배를 보며 중얼거리는 남편의 기운도
함께 빠져나가는 듯했다. 나른해진 배를 먼발치에서 지켜보
던 우진이는 슬며시 집으로 들어갔다. 아직 3시밖에 안 됐는
데 샤워하고 아이패드를 꺼내드는 걸 보니 바깥 활동은 더
하지 않으려는 모양이다.

"오늘은 캠프파이어도 하고 고구마도 구워 먹자."

그다음 날은 내가 제안했다. 그러나 이마저도 금방 시들
해진 우진이는 맛보기만 하고 집으로 들어가버렸다.

"친구라도 있으면 좋은데 우리가 그 역할은 못 하지."

"우리가 너무 끌고 다녔나? 쉬게 두자."

남편은 불을 피운 김에 낙엽과 나뭇가지를 그러모아 태웠
고 나는 냉이를 캤다.

"이모, 뭐 해요?"

해 질 무렵, 우진이는 아이패드를 옆구리에 끼고 밖으로
나왔다. 바깥도 궁금하고 게임도 하고 싶은 우진이 마음을
읽은 남편이 '이거다!' 하며 잽싸게 집 벽면을 향해 프로젝터
를 쐈다. 우진이가 모닥불 앞에서 시골의 정취를 누림과 동
시에 집채만 한 화면으로 게임을 실컷 하도록 자리를 깔아
준 것이다. 그사이 나는 연기에 콜록대며 고구마를 구웠다.
그것도 잠시, 우진이는 춥다고 홀라당 들어가버렸다. 나도
남편처럼 맥이 빠져 언니에게 전화를 걸어 물어봤다.

"우진이 말이야, 어째서 불놀이마저 시큰둥한 거야?"

"캠핑 자주 다녀서 그런 건 진작 마스터했지."

아무래도 남편의 '우진이 울리기 작전'은 제대로 실패한
것 같다.

마지막 날 아침, 우진이가 기차에 탑승하는 것까지 봐주
고 우리는 창밖에서 손을 흔들었다. 핸드폰에 와이파이를
연결하느라 바쁜 우진이는 창밖의 이모와 이모부에게 대충
손 흔들어주고 서둘러 게임 속으로 들어갔다.

"저 녀석, 이제 컸다고 안 온다 하겠네……."

남편은 이모부 자리가 게임에 밀린 것 같아 서운한 기색이었다. 2년 전의 우진이였다면 이모부와 함께하는 모든 것이 마냥 즐거워 체력이 방전되는 줄도 모르고 온종일 뛰어다녔겠지만 지금의 우진이는 몸매부터가 더 이상 예전의 우진이가 아니었다. 남편이 기억하는 우진이는 과거에 머물러 있었고 부쩍 자란 우진이는 저만치 앞에 있었다. 남편은 우진이의 여행 테마를 '버킷리스트 이루기'에 뒀지만 그 버킷리스트를 과거의 우진이가 작성했다는 데 함정이 있었다. 유효기간이 지난 그 리스트는 두 사람에게 피로와 허무만을 남겼다. 내가 볼 때 이 여행의 테마는 '버킷리스트 지우기'였다.

한때 남편은 큐레이터를, 나는 예술가를 천직이라 여기고 오래도 붙들고 있었다. 시간이 지나 자신이 변한 줄도 모르고 말이다. 당연하게 여기던 직업을 벗어던지고 나서야 자신에게 일어나는 변화를 관찰하고 방향을 수정해갈 수 있었다. 이는 '진짜 나'를 발굴하는 작업이었다.

과거의 나에게 고집스레 매여 있을 필요는 없다. 오늘의 내가 진정으로 원하는 것을 찾으며 하루하루를 충실히 채워가는 것, 미루지 말고 하고 싶은 것을 지금 열심히 실행하고 지워나가는 것, 그것이 그때도 맞고 지금도 맞는 충만한 사람이 되어가는 길 아닐까.

무사히 귀가한 우진이가 전화를 걸어왔다.

"이모부, 저 잘 도착했어요. 며칠 동안 감사했어요."

"우리도 고마웠어. 내년에 또 놀러 와."

언니 말 따르면 우진이는 전화를 끊고 나서 이모네 집으로 돌아가고 싶다며 울먹였다고 한다. 이 말에 남편은 입꼬리가 귀에 걸리도록 아주 활짝 웃었다.

"우진아, 내년에는 업데이트된 버킷리스트를 들고 오렴."

진짜는 마침표가 아니라 쉼표에 숨어 있어

시골에 살면, 집만 다 지으면, 하고 싶은 일만 찾으면 여행 다니며 여유롭게 살 줄 알았는데 그 모든 것이 이뤄지자 우리는 도시인보다 더 도시인 같은 날을 보내게 됐다. 읍내 화실에 '은는이가'라는 사업자를 내고 영상업을 시작한 이후 남편의 하루는 오로지 일로 가득했다. 화실에서 영상작업에 매진하는 사이 남편에게 집은 숙소에 불과해졌고 돈벌이를 넘어 온 마음을 다해 일했기에 주말, 휴일도 따로 없고 자정 넘어 귀가하는 일과를 자초했고 또 즐겼다.

"어떻게 사람이 먹지도 않고 책상에 앉아만 있어. 아무리 재미있어도 그렇지 당장 죽어도 상관없을 것처럼 일만 하면 어떻게 해."

"소화가 안 되는데 억지로 먹을 수는 없잖아. 누가 시켜서 하는 것도 아니고 내가 하고 싶어서 하는 거야. 놀면서 돈까지 생기니 얼마나 신나는 일이야. 알아서 먹을 테니 일에 집중하게 나 좀 도와줘."

시간 가는 줄 모르게 재미있고 잘하는 일로 돈도 버는 환상의 직업을 드디어 찾았다는 듯 남편은 경주마처럼 오직 일에 전력을 쏟아부었다. 나 역시 동화책 그림 작업으로 한가하지 않았던 터라 같은 시기에 바쁜 것이 다행이다 싶었지만 혼자 밥 먹고 백구 셋을 혼자 산책시키고 밭일이나 쓰레기 처리며 집 안팎의 모든 일을 혼자 하는 생활이 반년을 넘어가니 나도 모르게 점점 표정을 잃어갔다. 여름이면 베어도 베어도 잡초가 자라고 가을이면 쓸어도 쓸어도 낙엽이 떨어지는 이곳 생활이 점점 감당할 수 없게 짐스럽게 느껴졌다. 그 모든 것은 남편과 함께일 때 의미 있는데 나눌 상대도 알아주는 이도 금전적 대가도 없이 반복되는 노동에 많은 시간과 노력을 쏟는 건 깨진 독에 물 붓기와 다름없었다. 어느 날은 그 귀엽고 사랑스러운 동물들의 물그릇을 설거지하면서 이유 모를 화가 치밀어 오르기도 했다.

"우리가 이렇게 바쁘게 살아야 한다면 아파트에 사는 게 맞는 거 아닐까?"

"그래, 어쩌면 그럴지도 모르지……. 앞으로 우리가 어떻게 되는지 지켜보고 깊이 생각해보자."

잠만 자는 전원주택, 예뻐할 사람 없는 반려동물이 다 무슨 소용인가? 섬에 갇힌 노예처럼 집 관리만 하다가 늙어갈 내 미래를 상상하면 이건 심각하게 고민할 일이었다. 힘들게 지은 집에서 얼마 살지도 않고 이사를 생각하다니 이게 무슨 일인가 싶지만 현실을 냉정하게 돌아보면 아파트가 정답이었다.

모든 일이 순탄했던 그때가 시골 생활의 최대 위기 내지는 권태기가 아니었나 싶다. 흔들리는 한 해를 보내고 새해가 되었다. 연초는 프리랜서에게 일이 들어오지 않는 보릿고개인데 영상 분야도 마찬가지여서 우리에게 장기 휴식이 주어졌다.

"소화불량이 잦더니 이제 만성이 됐나 봐. 사실 연말쯤 되니 지치긴 하더라. 1년을 어떻게 보냈는지 기억이 안 나. 내 몸 상하는 것도 계절 변하는 줄도 모르고 당신과의 추억도 없이 이렇게 사는 건 아닌 것 같아."

"화실 정리하고 우리 땅에 영상 작업실을 새로 마련하는 건 어때? 그러면 제시간에 밥 먹고 어느 때고 고양이랑 놀거나 나랑 산책하거나 또 자다가도 생각나면 작업할 수 있잖아."

"그래. 작업 환경을 개선해봐야겠어."

우선 방치했던 땅과 집 주변을 정리하고 가꾸기로 했다. 오랫동안 집 관리에서 손을 놓았던 터라 뭘 해야 할지 몰라 며칠 서성이던 남편은 대뜸 커다란 타원형 고무대야를 SUV 트렁크에 싣고 와서 기쁜 얼굴로 나를 불렀다.

"이거 봐. 철물점에서 3만 5천 원에 샀어. 생각보다 싸지?"

"이렇게 크고 두꺼운 걸? 싸게 잘 샀네. 그런데 대야를 왜 샀어?"

"오며 가며 돌 주워 담으려고."

남편이 매일 주워 모은 돌은 5미터 넘는 길이의 3단 축대가 되었다. 거친 흙이 드러난 기슭에 얹힌 미완성 같은 집이 축대 하나로 단정하고 안정적인 이미지로 변신했다. 그런데 돌 쌓는 세 달 사이 남편 손끝이 뭉툭해지고 반지가 빠지지 않을 정도로 손가락 마디가 굵어졌다.

"손이 엉망이 됐네. 안 힘들어?"

"전혀. 조급했던 마음도 다스려지고 눈에 성취감이 보여서 재미있어. 처음 벽돌 쌓던 때로 돌아간 것 같고 좋아."

육체노동을 시작한 남편은 밥 먹고 돌아서면 금세 배고파

해서 귀찮을 정도였다. 고질병 같던 소화불량이 치료되면서 축대까지 생겼으니 얼마나 값진 노동인지. 이웃들은 돌 사서 굴삭기로 하면 하루 이틀이면 끝낼 일을 쓸데없이 고생한다 했지만 남편에게는 돌을 줍고 쌓는 과정이 중요했다.

집 짓기가 끝나갈 무렵, 집이 완성되면 아쉬울 것 같다던 남편이 기억난다. 남편의 집 짓기는 한 편의 여행이었다. 목적지에 도달함과 동시에 여행은, 집 짓기는 끝났다. 생각해보면 요즘 같은 세상에는 영상을 통해서도 얼마든지 간접적으로 여행을 체험할 수 있는데 많은 사람이 아직도 여행을 갈망하고 실제로 떠나기도 한다. 사람들은 왜 어렵게 시간을 내고 많은 돈을 들여서까지 여행을 떠나려는 걸까? 남편은 어째서 안 해도 될 고생을 사서 하려는 걸까?

최근에 〈나의 해방일지〉라는 드라마를 봤다. 전에 본 적 없는 독특한 형식에 감탄하면서 이 충격을 두 번 겪을 수 없음이 안타깝고 드라마가 끝나갈 때는 아쉬워서 안 본 눈을 사고 싶을 정도였다. 사고가 열리는 희열이 그리워질 때면 나는 또다시 새로운 이야기를 찾게 되겠지.

오감으로 느낀 경험은 입체적으로 흡수되어 잊히지 않는 강렬한 기억으로 남는다. 지난 여행을 돌아보면 고단하긴 해도 그때의 경험이 내 몸 곳곳에 스며들어 방향제처럼 두고두고 일상을 풍요롭게 했다. 그렇다. 사람들이 여행을 떠나는 이유는 경험에 있었다. 그런 걸 보면 여행의 이유가, 남편의 집 짓기가, 나의 드라마가, 우리가 사는 이유가 도착점에만 있지 않은 건 분명하다.

황금회화나무, 자두나무, 석류나무, 사과나무, 왕벚나무, 키위나무, 앵두나무. 봄 내내 집으로 향하는 진입로와 작업실 지을 자리를 고려해 갖가지 묘목을 심었다. 바닥돌과 잔디를 깔고 사철나무로 울타리를 조성하니 이제 겨우 공사판은 면한 듯하다. 나머지 땅에 작업실도 짓고 집 뒤편에 축대도 쌓으려면 다음 여행은 꽤 길어질 것 같다. 남편이 새로운 작업실을 설계하는 사이, 회초리 같던 나무들이 꽤 풍성해졌다.

시간 능력자를 위한 지침서

　땅 부자, 자식 부자, 현금 부자, 세상에는 많은 부자가 있지만 그중 가장 부럽고도 되고 싶은 부자는 시간 부자다. 그래서 즐겁지 않은 일에는 시간을 쓰지 않는 식으로 열심히 시간을 챙겼지만 취미활동에 매진하고 온갖 실패도 하면서 시간을 흥청망청 쓰려면 그것으로는 부족했다.

　시간을 더 끌어올 방법이 없을까 고민하면서 지난날을 면밀히 관찰하다가 놀라운 사실 하나를 발견했다. 30대에 들어 1년이 3년으로, 2년이 5년으로 늘어난 시기가 있었다. 어쩌면 나는 이미 시간 부자였는지도 모른다. 이게 무슨 헛소리인가 싶겠지만, 농담도 공상과학 영화나 만화도 아닌 실제 경험이다. 누구에게나 똑같이 주어진 시간을 어떻게 하

면 더욱 충만하게 쓸 수 있을까를 두고 오랫동안 고민해온
내가 진지하게 하는 이야기다.

　주변 어르신들은 대부분 '나이 들수록 시간이 점점 빨리
간다'를 진리처럼 말씀하시고 숙명처럼 받아들이신다. '시
간에 가속도가 붙는다니! 그럴 리가 없어' 하면서도 점점 더
시간의 흐름이 빠르게 느껴지는 건 나 역시도 마찬가지기에
무작정 부정할 수는 없었다. 나이와 체감 시간의 속도가 비
례한다는 걸 인정하면서도, 일상을 살다가 부지불식간에 시
간이 삭제됐다고 느껴질 때면 이 상황을 도저히 납득할 수
없어서 이 사이에 뭔가 낀 것처럼 답답하기도 했다. 지름길
로 가는 듯한 내 삶을 이대로 둘 수 없다면 점점 빨라지는 쳇
바퀴에서 뛰어내려야 했다.

　집도 다 짓고 여기 시골 생활도 익숙해지니 점점
시간이 빨리 가는 것 같아. 심지어 지난달에 뭘 했는
지 기억나지도 않아. 이러다가는 어르신들 말처럼
눈 깜박하면 환갑, 칠순으로 건너뛰겠어!
　초조해하지 말고 시간을 붙들 방법을 차분히 생
각해보자. 음…… 시간이 생각보다 빨리 흘렀다면

느리게 흐르는 것도 가능할 것 같은데……. 최근에 언제 시간이 느리게 흘렀지? 언제였는지 기억나? 그때 뭘 했는지 분석해보면 시간에 제동을 걸 방법을 찾을 수 있을지도 몰라.

굵직하게 두 시기가 기억에 남는데, 한 번은 독일로 이주했던 때지. 그때가 가장 길게 느껴졌었어. 그리고 또 한 번은 이 마을에 들어와서 집 지으며 자리잡을 때. 5년쯤 지났나? 하고 헤아려보니 이제 막 2년이 넘었더라. 하루는 그렇게 짧을 수가 없는데 일주일, 한 달, 1년이 지나서 돌아보면 길게 느껴졌어.

두 시기 모두 환경을 완전히 바꿨다는 데 공통점이 있네. 아하! 알겠다. 시간을 붙잡는 핵심은 '낯섦'에 있어. 맞아, 몇 년 사이에 인종, 문화, 세대를 넘나든 데다가 나를 둘러싼 모든 것이 몇 차례나 바뀌었고 해본 적 없는 집 짓기까지 했잖아. 초행길이 멀게 느껴지듯 새로운 경험의 기억이 많을수록 시간이 길게 느껴지는 거야.

내 안의 질문에 내가 답하는 사이 시간의 특성이 정리되었다. 내가 지나온 길을 따라 주름관 형태의 시간이 이어진다고 상상해봤다. 하루 24시간 동안 만들어지는 관의 길이는 항상 일정하지만 주름 개수와 깊이는 매일 달라지거나 아예 없는 날도 있다. 관의 주름 개수가 많거나 주름이 깊어 단면적이 늘어나면 시간도 늘어나는 형식이다. 주름은 주로 모든 것이 새롭고 처음이었던 성장기에 몰려 있다. 성인이 되고 살아온 날이 늘어날수록 비슷한 경험이 반복되면서 주름이 잦아든다. 그런 와중에 독일에서 보낸 1년은 주름이 유독 촘촘한 시기다. 독일에서 만든 주름을 펼쳐보니 세 배로 늘어났다. 시골에 자리 잡고 집 짓던 시기에도 독일 생활 못지않게 주름이 많았다. 주름 하나하나가 사건이고 기억이고 충격이었다.

　　반대로 시간의 관에 주름이 없던 시기는 한 가지 일을 오랫동안 지속했을 즈음이다. 그때는 세상이 놀랍기만 했던 어린 시절에서 멀어지고 만사에 심드렁해진 어른에 가까웠다. 당시를 복기해보면 어제와 닮은 오늘, 오늘과 별다를 것 없는 내일의 연속이었다. 나른한 나날은 연말을 향해 줄달음쳤고 다시 연초인가 싶으면 여지없이 또 연말로 치달았으며 고만고만한 나날은 개별로 기억되기보다 굴곡 없는 덩어리로 뭉쳐 기억됐다. 이런 걸 보면 시간이 빨라지는 이유는 '나이' 이전에 일상의 '반복'에 있지 않나 싶다.

새로운 도전과 함께 시간이 늘어난다는 건 확실해졌다. 그렇다면 이제 새로운 일을 벌이거나 찾기만 하면 되는데 간단해 보이는 이 비법에는 몇 가지 함정이 있다. 사는 곳, 만나는 사람, 직업 전부를 바꿀 때 시간이 길어지는 효과가 확연하나 갑작스럽고 극단적인 변화는 늘 그렇듯 피로와 위험을 동반하기 마련이다. 더불어 누구에게 피해를 끼치지 않았음에도 비난과 조롱을 당하기도 한다.

　그리고 이 비법에는 항상성이 없다. 세계여행을 떠났다고 해보자. 새로운 사람을 만나고, 새로운 음식을 먹고, 새로운 풍경을 지나쳐 새로운 곳에서 새로운 곳으로 이동하는 동안 시간은 분명 늘어나겠지만 여행이 끝난 뒤 또 다른 새로움을 이어가지 않으면 시간은 금세 이전의 속도로 돌아가버린다. 시간을 늘리는 데는 많은 에너지가 필요하기 때문에 새로움에 대한 충격이 너무 강하거나 변화가 너무 빈번하거나 늘린 시간을 너무 오래 지속하면 금전, 정신, 신체 등 어느한 곳에라도 무리가 가는 부작용이 따르기도 한다. 그러므로 이 비법을 처음 시도하거나 큰 도전이 부담스럽다면 일상을 흐트러뜨리지 않는 범위 내에서 천천히 조금씩 시도하는 편이 좋다.

뭔가를 배우기, 연극 관람, 씨앗 심기, 쏟아지는 별 보기 등 생활 반경에서 낯섦을 찾아 경험하는 건 만만해 보인다. 하지만 해야 할 일로 가득한 일상에서 안 해도 그만인 일에 시간을 할애하기란 쉽지 않기도 하다. 그럴 땐 만사 제치고 낮잠을 자는 게 좋다. 낮잠으로 피로를 다스리고 머리를 비워낸 뒤 '이제 뭐 하지?' 할 때면 수월하게 낯섦이 들어찬다.

우리 집에서 읍내 작업실까지 가는 방법에는 자가용, 버스, 자전거, 걷기, 이렇게 크게 네 가지가 있다. 주로 8분 걸리는 자가용 길로 다니지만 어쩌다 가끔 한 시간 49분이 걸리는 걷기를 택하기도 한다. 그러면 저수지를 끼고 도는 숲길을 통과할 때, 끝이 보이지 않는 논길을 가로지를 때, 눈이 왕방울만 한 소들과 얼굴을 마주할 때, 걷다 걷다 드디어 읍내 언저리가 보일 때, 뻐근해진 다리를 두드리며 작업실 문을 열 때, 그때마다 평소에 하지 못했던 생각이 밀려온다. 그런 날은 생각을 놓칠세라 일기장을 펼친다.

이처럼 일상에서 새로움을 모색하는 시도는 안전하게 시간을 늘리는 비법이자 단련법이다. 언제고 큰 도전의 기회를 마주한다면 평소 해둔 이 훈련이 단단한 토대가 되어주리라 믿고 있다.

시골이 우리에게 가르쳐준 것들

"요즘 손가락 붙는 느낌이 드는 건 어때?"

"손가락? 아, 그랬었지. 완전히 잊고 살았네."

남편의 이상 증세를 알게 된 것은 독일의 어학원에서였다. 그날은 월요일이었고 선생님은 느닷없이 주말을 어떻게 보냈는지 독일어로 써서 제출하라고 했다. 수강생들은 모두 책상에 얼굴을 묻고 각자의 이야기를 쓰느라 정신이 없었다. 너무 조용해서 공기의 흐름마저 멈춘 듯한 교실에 움직이는 거라곤 선생님의 눈동자뿐이었는데, 혼자만 고개를 들고 두리번거리며 엉덩이를 들썩거리는 사람이 있었다.

'화장실 가고 싶은가? 다녀오면 되지, 왜 계속 저러고 있는 거야' 싶어서 남편과 눈이 마주쳤을 때 문 쪽으로 고갯짓을 했다. 남편은 그제야 조용히 문밖으로 나갔다. 남편은 수업이 끝나도록 돌아오지 않았다. 두 사람 분의 교재와 필기구를 챙겨 학원 밖으로 나가니 남편은 건너편 놀이터에서 넋 나간 사람처럼 서성대고 있었다.

"왜 그래, 어디 아파?"

"그런 건 아닌데 손가락과 발가락이 자꾸만 붙는 느낌이 들고 몸이 공중에 뜨는 것 같고 숨까지 막혀서. 바깥공기 마시고 걸으니까 좀 나아졌어."

"전에도 그랬어?"

"응, 가끔. 정확한 이유는 모르겠는데 긴장하면 그런가 봐."

그전까지의 남편은 남의 시선에 민감하고 어딘가 약점이 있는 듯 행동하기도 했었다. 뭔지 모를 것을 숨기려는 모습이 불안해 보였고 그래서 그런지 남들에게 과하게 잘하려 했다.

남편의 이상 증세는 언제부터인지 모르게 없어졌다. 남편이 좋은 쪽으로 변화된 데는 환경의 공이 컸던 것 같다. 의식할 사람 없는 독일에서 아무런 의무도 책임도 없이 1년을 보내고 아는 이 없는 시골의 버섯농장에서 머리 복잡할 틈 없이 육체노동으로 1년을 채웠으며 곧이어 시작된 집 짓기로 그날그날에 집중하는 날을 보냈다. 그러는 사이 습관처럼 업고 다니던 억압과 긴장은 증발됐고 지금은 당당하고 여유로운 미소가 우러나오는 단단한 내면만 남았다. 그런데 여기에는 남편의 본모습까지 드러나는 역기능도 있었다. 나는 남편이 그렇게 수다쟁이인지 몰랐다. 사람들을 만나면 어찌나 숨김없이 별의별 얘기를 다 하는지 같이 다니다가 남편 입을 틀어막은 적이 한두 번이 아니다.

"담을 봉투 없으시면 종량제 봉투 같이 계산해드릴까요?"

"제가 원래 차에 장바구니를 항상 넣고 다니는데요, 들어오기 전에 한참 찾는데 아무리 봐도 차에 없더라고요. 저번에 장 보고서 집에 두고 왔나 봐요. 할 수 없이 종량제 봉투 사야겠네요. 네, 주세요."

마트에서 계산을 해주는 직원을 향한 남편의 너무 과한 설명에 그만 말하라는 표시로 팔을 잡아당겼지만 터진 입을 막을 길이 없었다. 한번은 택배 받으러 현관문을 나선 남편이 화물 택배 기사님과 무슨 얘기를 하는지 차려놓은 밥이 다 식도록 들어오지 않은 적도 있다.

나 역시도 시골에 오기 전과 후로 나눠도 될 정도로 큰 변화가 있었다. 나는 원래 걱정이 너무 많은 걸 걱정할 정도로 걱정이 많은 사람이었다. 자가면역질환으로 인해 이런저런 잔병을 달고 살아서 그런지 눈에 보이지 않는 병균이나 세균에 강박적인 두려움이 있었고 무슨 일이 일어날지도 모른다는 걱정은 과한 세탁과 청소로 드러났다. 또 집을 나설 때면 조명, 보일러, 가스밸브, 창문 단속을 여러 번 하고도 걱정이 돼 일찍 귀가해야 마음이 놓였다. 큰일을 앞두고는 걱정이 부적이라도 되는 양 작정하고 있는 대로 걱정을 해둘 정도였다. 아무래도 미리 최악을 상상하면 일이 닥쳤을 때 충격이나 실망이 생각보다 덜 하긴 하지만 습관적으로 걱정을 하다 보니 걱정을 안 하면 일이 잘 안 풀릴 것만 같고 허전하기까지 했다. 걱정하는 게 좋으면 내 일만 걱정하면 될 일인데 문제는 옆에 있는 사람 걱정까지 대신해주면서 괴롭힌다는 데 있었다.

"제발 잔소리 좀 그만할 수 없어? 쫓아다니면서 걱정해대니까 나까지 불안해서 뭘 할 수가 없잖아. 동반자가 아니라 우리 엄마 같아."

"걱정되니까 그렇지."

"내가 애야? 그렇게 못미더워? 여기서는 그런 걱정 해봐야 하나도 쓸데가 없다고."

남편 말대로 내가 하는 걱정은 쓸모없던 데다가 헛다리이기 일쑤였다. 집 짓기와 시골 생활과 자연현상에서 일어나는 문제는 '굶어 죽을까, 집 짓다 다칠까, 도둑 들까, 텃세 있을까, 뱀 나올까'처럼 누구나 할 법한 걱정을 뛰어넘었기 때문이다.

이 마을에 들어왔던 처음 얼마간 나는 정글에 던져진 애완동물처럼 작은 소란에도 경기를 일으키고 괴로워했다. 그런데 집 짓기가 본격적으로 시작되고서는 매 순간 정신 똑바로 차리고 내 앞가림하는 데 급해서 걱정을 하고 싶어도 그럴 여유가 없었다. 그런 일이 수도 없이 반복되자 나도 모르는 사이 걱정하는 습관을 잃어갔다. 걱정하기보다 지금 해야 할 일에 집중하는 편이 더 이득인 것을 머리보다 몸이 먼저 터득했다. 걱정하느라 일이 미뤄지면 결국 고생하는 건 몸이었으니 말이다.

본인에게 손가락이 붙는 듯한 증세가 있었다는 사실 자체를 잊은 남편이 말을 이었다.

"살아온 날들 중에 요즘이 제일 좋아. 단단한 땅속에 뿌리를 깊이 박고 서 있는 기분이야."

"전엔 어땠는데?"

"사람들이 나를 떠나갈까, 누군가로부터 버려질까, 어디론가 밀려날까 안절부절못했지. 지금은 그런 걸 붙잡기 위해 더 잘하려 애쓰거나 본심을 숨기고 억제하려는 마음이 없어."

"단순해진 건가?"

"바깥에 시선을 둘 필요가 없어진 거지. 그 에너지를 나한테 쓰니까. 그래서 무슨 일을 하든 집중이 잘돼."

"쇼핑몰이나 맛집이 없어서 그런 게 아니고?"

"아, 맞다. 그것도 한몫하지."

우리는 여전히 걱정과 불안을 안고 살아가고 앞으로도 그러겠지만 시골에 오기 전과 달라진 점이라면 그것들의 분량과 방향이다. 이제는 꼭 필요하고 원하는 곳을 정확히 겨냥해서 최소한만 이용한다. 숨김없이 거친 사람들, 다듬어지지 않은 대자연, 묵묵히 치열한 생태계, 땅과 하늘이 전부인 벌판, 모든 경계를 지워버린 새까만 밤, 깊은 어둠 속의 별, 폭우 뒤의 청량함. 시골은 다정하고 도 혹독하게 그리고 무심하면서도 강렬 하게 '지금'을 '잘' 사는 방법을 알려줬다. 시골은 우리에게 스승이었다.

난생처음 시골살이

1판 1쇄 발행 2023년 2월 17일
1판 2쇄 발행 2023년 2월 27일

지은이 은는이가
발행인 유성권

편집장 양선우
기획·책임편집 신혜진 **편집** 윤경선 임용옥
해외저작권 정지현 **홍보** 윤소담 박채원
마케팅 김선우 강성 최성환 박혜민 심예찬
제작 장재균 **물류** 김성훈 강동훈

펴낸곳 ㈜이퍼블릭
출판등록 1970년 7월 28일, 제1-170호
주소 서울시 양천구 | 목동서로 211 범문빌딩 (07995)
대표전화 02-2653-5131 | **팩스** 02-2653-2455
메일 tiramisu@epublic.co.kr
인스타그램 instagram.com/tiramisu_thebook
포스트 post.naver.com/tiramisu_thebook

티라미수 는 ㈜이퍼블릭의 인문·에세이 브랜드입니다.

editor's letter

시골살이를 무척이나 꿈꿨던 적이 있어요. 책을 만드는 내내 평행우주가 있다면 또 다른 나는 이렇게 살고 있지 않을까 하는 묘한 기시감이 들 정도로요. 이제는 너무 멀리 와버린 듯도 하지만, 이 낯설고도 익숙한 감정은 참 오랫동안 남아 있을 것 같습니다. 우선은 불안에 지지 않고 오롯이 오늘을 살겠다는 단단한 마음부터 준비해보려고요.